大
方
sight

Cesare Pavese

LA LUNA E I FALÒ

月 亮 与 篝 火

[意] 切萨雷·帕韦塞 著

陈英 译

中信出版集团 | 北京

图书在版编目（CIP）数据

月亮与篝火 /（意）切萨雷·帕韦塞著；陈英译. --
北京：中信出版社，2025.2. -- ISBN 978-7-5217
-7197-8

Ⅰ.I546.45

中国国家版本馆 CIP 数据核字第 2024BA1361 号

月亮与篝火
著者： ［意］切萨雷·帕韦塞
译者： 陈 英
出版发行：中信出版集团股份有限公司
（北京市朝阳区东三环北路 27 号嘉铭中心 邮编 100020）
承印者： 河北鹏润印刷有限公司

开本：880mm×1230mm 1/32 印张：8.5 字数：108 千字
版次：2025 年 2 月第 1 版 印次：2025 年 2 月第 1 次印刷
书号：ISBN 978-7-5217-7197-8
定价：48.00 元

版权所有·侵权必究
如有印刷、装订问题，本公司负责调换。
服务热线：400-600-8099
投稿邮箱：author@citicpub.com

人物表

鳗鱼： 弃婴，在卡米内拉山长大，莫拉庄园长工，当兵离开，后从美国闯荡归来

努托： 乐手、木匠，"鳗鱼"的挚友

卡米内拉农舍
教父："鳗鱼"的养父
维尔吉利亚：养母
安焦利娜：大女儿
朱莉娅：二女儿
瓦利诺：住在卡米内拉农舍的佃农
罗西娜：瓦利诺的小姨子
钦多：瓦利诺的小儿子，残疾小孩

莫拉庄园

马泰奥先生：庄园主人

埃尔薇拉：马泰奥先生的第二任妻子

伊蕾妮：大女儿

西尔维娅：二女儿

桑妲：小女儿

兰佐内：管家

埃米莉亚：女仆

赛拉菲娜：厨娘

奇里诺：长工

（人物表为译者整理）

For C.

Ripeness is all.

帕韦塞用英语写下这两行题献。"C." 可能指美国演员康斯坦丝·道灵(Constance Dowling)。"Ripeness is all." 出自莎士比亚《李尔王》。——编者按

1

我回到这里,回到这个村子,而不是去了卡内利镇、巴巴莱斯科镇或阿尔巴市,这是有原因的。我不出生在这里,这几乎可以肯定,但我不知道自己出生在哪里。这里没有一栋房子、一块土地或先人的遗骨,让我可以说"这是我出生前的样子"。我不知道我来自山上还是山谷,来自树林还是带阳台的房子。那个把我留在阿尔巴大教堂台阶上的姑娘也许并不是乡下女人,也许是有钱人家的女儿,也可能是两个来自蒙特塞洛、内伊韦或是克拉万扎纳镇的贫穷妇女,用收葡萄的篮子把我带到那里。谁知道我的血脉来自哪里?我已经走遍了世上很多地方,知道所有血脉都是好的,都是平等的。这就是为什么一个人累了,试图扎下根来,有了村庄和土地，让血脉能传递下去，使自己比普通的一季轮回更持久。我在这个村庄长大，这必须感谢维尔吉利亚、教父和所有已经不在这里的人。尽管他们收留、抚养我只是因为亚历山德里亚医院会给他们月钱。四十年前，在这些山上，有些穷人为了得到一枚银币，虽然自己已经有了孩子，他们还是会领养医院的私生子。有人领养一个小女孩，就希望日后有个女仆，可以指使她干活；维尔吉利亚想要我，因为她已经有两个女儿了，等我再大一点，他们希望能在大一点的农舍里安顿下来，大家一起干活，过上好日子。当时教父在卡米内拉山有一座小农舍——两个房间和一个马厩，有山羊和那片河边的榛子林。我和两个女孩一起长大，我们偷吃棒子粥，睡在同一个草垫上，姐姐安焦利娜比我大一岁，到我十岁时，维尔吉利亚去世的那个冬天，我才偶然知道我不是她弟弟。从那个冬天开始，安焦利娜不再和我们一起在河岸边、树林里游荡；她照顾家里，做面包和罗比奥拉奶酪，去市政府领取我的月钱。我向朱莉娅炫耀说我值五里拉，她不值钱，我问教父为什么不多领养几个杂种。

现在我才知道我们都是穷人，只有穷苦人家才会领养医院的杂种。在此之前，我去上学时，其他孩子骂我是杂种，我以为这个词和"胆小鬼"或"流浪汉"一样，就同样骂回去。但我已经长大了，市政府不再给我们抚养费了，而我当时还没搞清楚我不是教父和维尔吉利亚的孩子，这就意味着我不是生在卡米内拉山，不像家里的两个女孩一样，从榛子林下冒出来，或是从山羊耳朵里钻出来的。

去年我第一次回村里，几乎是偷偷来看榛子林。卡米内拉山丘是一道无边无尽的缓坡，一眼望不到尽头的河岸和葡萄园，不知道山顶在哪里，上面也一定是其他葡萄园、树林和小路。冬天的山坡光秃秃的，像被剥了皮，露出了土地和葡萄树干巴巴的枝条。在干冷的空气中，我清楚地看到山谷巨大的落差，到卡内利镇那里就结束了。我沿着贝尔波河边的小路来到小桥头，来到了芦苇丛，我从那里远远看着山坡上的农舍熏黑的石墙、长得歪歪扭扭的无花果树、空荡荡的小窗户，我想到那些可怕的冬天。但周围的树木和土地都发生了变化：茂密的榛子林消失了，变成一片割过的玉米茬。从牲口棚里传出牛叫，在夜晚的寒气中，我嗅到了牛粪的味道，因此现在住在那间农舍的人，已经不再像我们以前那么一贫如洗了。我一直期待着类似的重逢，或想象着那间农舍已经倒塌了。有许多次，我想象自己站在桥头，想着我怎么能在那么小的一片地方度过了那么多年，我在寥寥几条田间小路上，放着那头母山羊，寻找滚到河岸边的苹果，我相信世界在贝尔波河上的大路拐弯处就结束了。我想象了很多种情况，但我没想到再也看不到榛子林，这意味着一切都结束了。这一变故让我很沮丧，我没有问家里有没有人，也没有进农舍的院子。我当时顿时明白，没有出生在一个地方意味着什么，它没有在你血液里流淌，你不能像那些老人一样，觉得自己半截身体已经埋在这里了。一季庄稼并没那么重要。

当然，山丘上还有一片片榛子林，我还能去看看，找到当年的自己。如果我是那片山坡的主人，也许我也会把榛子林砍了，种上庄稼。但现在我一想到在城里租住的房子，就感觉有些难受，人们在那里住上一天或者好几年，搬走之后就会留下一个死寂的空壳，准备接纳其他人。

还好那天晚上我转过身去，背朝卡米内拉山时，看到了贝尔波河对面的萨尔托山，我看到它起伏的山巅，还有消失在山顶的草场。在地势低一点的地方，沿着河岸也是冬季光秃秃的葡萄园、树林、小路和零散的几处庄园，这和我以前坐在小农舍后面的横木上，或是在桥头上，一天又一天、一年又一年看到的情景一样。我当兵前的那些年都在莫拉庄园当长工，他们在贝尔波河那边，在一片肥沃的平地上。而教父卖掉了卡米内拉山的农舍，带着两个女儿去了科萨诺。所有那些年里，只要我从地里抬起眼睛，就能看到天空下萨尔托山丘的葡萄园。这些葡萄园一直向下延伸到卡内利镇，那里有铁路，火车从早到晚沿着贝尔波河奔跑,发出嘶鸣,这会使我想到奇迹,想到车站和城市。

事情就是这样,我并没出生在这个村子,但在很长时间里,我一直相信它就是整个世界。现在,我真正看到了世界,知道世界是由许许多多村子组成,我不知道孩童时是不是真的错了。我漂洋过海,在其他大陆走了一圈。就像那时候村里的年轻人,参加周围村镇的节日庆典,他们跳舞、喝酒、斗殴,把打破拳头才赢得的旗子带回家。摘了葡萄就拿到卡内利镇去卖,采到松露就拿到阿尔巴城里去卖。我在萨尔托山的朋友努托,整个山谷,一直到卡莫镇的葡萄酒桶和压榨机都是他做的。这说明了什么呢?我们需要一个故乡,即使只是为了离开它。拥有一个故乡意味着你不是独自一人,意味着你知道在人群里、在草木中、在土地里有一种属于你的东西。你不在时,它也一直等待着你,但安心住在故乡也不容易。有一年多时间,我都关注着这里的情形,一有机会,我就逃离热那亚,但它还是从我手边溜走。这些事情需要靠时间、经历才能理解。有没有可能到了四十岁,见识过世界后,还不知道我的家乡是什么?

有件事我觉得难以置信。这里所有人都认为我回来是为了买栋房子的,他们称我为"美国人",让我看他们的女儿。对于一个离开时连名字都没有的人来说,我应该感到欣慰。我的确很欣慰,但还不够,我也喜欢热那亚,我很高兴世界是圆的,一只脚放在舷梯上,随时可以离开。以前我小时候在莫拉庄园的栅栏边,倚着铁锹听着经过大路的闲人聊天,对于我来说,卡内利镇的小山丘就是世界的大门。与我相比,努托从来没有远离过萨尔托山,他说如果想要一直在山谷里生活下去,就要做到这一点:永远不出去。恰恰是他,年轻时在乐队里吹单簧管,会去卡内利镇以外的地方,一直到斯皮尼奥,到奥瓦达镇,到太阳升起的地方。我们不时提到这一点,他会笑起来。

2

今年夏天,我住在镇子中央的天使旅馆里,我现在又高又壮,那里已经没有人认识我了。我在镇子里也不认识什么人,以前在这里生活时也很少来镇子上,大部分时间都在大路、河岸和打谷场上。在山谷中,镇子的地势比较高,贝尔波河的河水经过教堂旁边,半个小时之后会流到我住的山丘下面,河面也会变宽。

我来这里休息十五天,正好遇到了八月圣母升天日。这样更好,镇子上有很多外地人来来往往,广场上乱哄哄的,吵吵闹闹,即使有个黑人住在这里,可能也不会被发现。我听见下面有人叫喊、唱歌、踢球,夜晚还有放鞭炮和烟花的声音,人们喝了酒,哄笑着,跟着花车游行。整整有三天晚上,广场上都有舞会,能听见汽车的轰鸣、短号的乐声,还有打气枪的声音。同样的声音,同样的葡萄酒,和之前一样的面孔,在人群中穿来穿去的孩子还是那些,一头头牛、手帕、香味、汗水、女人穿在黝黑的小腿上的袜子也和以前一样,还是贝尔波河岸的欢乐、悲剧和期许。但还是有不一样的地方,以前我拿着第一次领到的一点钱,冲进镇上的集市,去玩打靶、荡秋千。我们把扎着辫子的小姑娘惹哭,那时没人知道为什么男人女人、油头粉面的小伙子和傲气的姑娘会凑在一起,面对面有说有笑,一起跳舞。现在不一样的是,我知道这是为什么,而那些时光已经过去了。我离开山谷时还有些懵懵懂懂,努托留在了这里,萨尔托山的木匠努托,是我最初跑到卡内利镇玩耍的同伴,后来十年里,他在山谷里所有节庆、舞会上吹单簧管。对于他来说,世界是一场持续了十年的节日,他知道这些村庄的所有酒鬼、卖艺人和欢乐。

  一年以来,每次我回到这里都会去找他。他家在萨尔托的半山腰，面对一条宽阔的大路，家里有新鲜木头、刨花和鲜花的气味。在莫拉庄园的最初那些年里，对于来自一间农舍和一片打谷场的我来说，这就像是另一个世界：大路、乐手，还有卡内利镇我从来没去过的那些别墅。

努托已经结婚，成为一个成熟的男人。他干活，也雇人干活。他家仍旧是过去那栋向阳的房子，散发着木海棠和夹竹桃的味道，前面的窗户上挂着锅子。他的单簧管挂在柜子上。人走在刨花上，他们把一筐筐的刨花倒在萨尔托山下的河岸上，那是一片长着金合欢、蕨类和接骨木的河滩，夏天总是干涸的。

努托对我说，在他父亲去世时，他不得不决定是做木匠还是乐手。于是在十年的节庆之后，他放下了单簧管。我告诉他我都去了哪里，他说他已经从热那亚人那里听说了我的一些事，村子里的人都说，离开之前我在桥墩下找到了一口金锅。我们开起了玩笑。

"也许现在,"我说,"我父亲也会忽然冒出来。"

"你父亲,"他对我说,"就是你自己。"

"在美国有个好处,"我说,"人人都是杂种。"

"这也需要改变。"努托说,"为什么有人没有名字,没有家?我们不都是人吗?"

"随他去吧。虽然没名字,我不还是成事了。"

"你是成事了,"努托说,"没人敢再提到这一点了。可那些没有成事的人呢?你不知道这些山丘里生活着多少可怜人。我出去演奏时,几乎每个地方,在厨房门口都能看到一个智障或痴呆,都是酒鬼和无知女佣的孩子,沦落到吃菜帮子和面包皮生活,还有人取笑他们。"

"你成事了,"努托说,"你当时好歹找到了一个家,你教父家没什么吃的,但也没让你饿着。不能说其他人也能行,需要帮助他们。"我喜欢和努托说话,现在我们是成年男人了,相互了解。但之前在莫拉庄园干活的那个阶段,他比我大三岁,已经会吹口哨、弹吉他了。大家都去找他，想听他的意见，他和那些成人，还有我们这些男孩子辩论，对女人眨眼睛。我那时就已经跟在他屁股后面了，有时会从地里跑出去，和他一起跑到河岸上或下到水里，搜寻鸟巢。他告诉我怎么做才能在莫拉庄园获得尊重，晚上他来到院子里和我们一起守夜。

现在，他讲起了演奏生涯，他曾经去过的那些村子就在我们这周围，白天阳光明媚，树木茂密，夜里黑色天空中繁星点点。他星期六晚上在火车站雨棚下和乐队的伙伴一起排练，他是领头的。他们轻松愉快地前往过节的地方，之后的两三天时间，他们再也合不上眼睛，闭不上嘴巴：放下单簧管，端起酒杯，放下酒杯又拿起了叉子；然后又拿起单簧管、短号、喇叭；随后又是一场吃喝、独奏曲、午后点心、丰盛的晚宴，熬到清晨。一般有节日、游行、婚礼，也有和其他乐队进行比赛。第二第三天早晨，他们晕晕乎乎从小舞台上走下来，把脸浸到一桶水里，真是太痛快了。如果能扑倒在草地上，躺一会儿,那也很舒服,四周都是马车、双轮马车,还有圈着牛马的牲口圈。"谁掏钱呢?"我问。"政府、大户人家、一些野心勃勃的人,所有人。"他说,"吃饭的总是同样的人。"

这些人吃什么,应该听他说说。我回想起了在莫拉庄园听人说过的那些晚餐,其他镇子、其他时间的晚餐,但吃的东西总是一样,听到努托提到这些菜,我感觉又进入了莫拉庄园的厨房,看到女人们在擦丝、揉面、塞馅、掀开锅盖、生火,嘴里回味着那种味道,听到柴火燃烧时噼里啪啦的声音。

"你特别喜欢音乐。"我对他说,"为什么放弃了?是因为你父亲去世了?"

努托说,首先当乐手挣的钱很少,其次庆典上很浪费,你从来不知道谁给钱,最终会让人很厌烦。"后来战争爆发了,"他说,"也许姑娘们的腿还痒,想跳舞,可是谁还会让她们跳舞?打仗的那些年,人们的娱乐方式不一样了。"

"可是我喜欢音乐,"努托想了想,继续说,

"糟糕的是,音乐真是个坏主人……它变成一种坏习惯,必须戒掉。我父亲说,坏习惯比女人好……"

"是呀,"我对他说,"你和那些女人是什么情况?你以前很喜欢女人,在舞会上,你会请所有姑娘跳舞……"

努托笑起来,有一种戏谑的味道,尽管他是发自内心在笑。

"你没有为亚历山德里亚医院做贡献?[1]"

"我希望没有。"他说,"你是出息了,可得有多少可怜人陪衬啊。"他对我说,在女人和音乐之中,他选择音乐。有时会出现这种情况,他们在夜晚回家,一队人开始吹奏,一边走一边演奏,他、短号还有曼陀林乐手,走在黑暗中的大路上,远离房屋、女人,也远离那些听到动静狂吠的狗,他们就这样边走边演奏。"我从来不给女人吹小夜曲。"他说,"一个姑娘如果很漂亮,要的也不是音乐,

---

[1] 指贡献弃婴。——译者注,下同

她要在朋友面前获得满足,她会寻找男人。我从来不认识欣赏音乐的姑娘……"

努托看到我在笑,马上说:"我给你讲一件有趣的事。乐队里有个乐手叫阿尔波莱托,吹中音号。他吹了那么多小夜曲,我们说:这俩人不说话,只是吹……"

这些话我们是在大路上,或在他家窗口喝酒时说的。在我们下面是贝尔波河岸上的平地,还有长在河岸上的树木,巨大的卡米内拉山就在面前,上面全是葡萄园和河岸上的树林。我有多久没有喝这种葡萄酒了?

"我已经对你说过了吧,"我对努托说,"科拉庄园想要卖吗?"

"只是卖地?"他说,"当心他会把床也卖给你。"

"草垫的还是羽绒的?"我低声说,"我老了。"

"所有羽绒都会变成草垫。"努托说,然后又问我:"你去莫拉庄园看了吗?"

我没有去，那里其实离努托的房子只有两步远，但我没有去。我知道家里的老人、姑娘、伙计、仆人，所有人都离散了。死的死，散的散，家里的地产大半已经卖掉了。只剩下尼科莱托，家里那个傻外甥，他多少次跺着脚叫我杂种。

我说："我总有一天会去的，既然已经回来了。"

3

以前在美国时,我就听到过乐手努托的消息。那已经是多少年前的事了?那时我还没想要回来。我离开铁路工程队,一站又一站来到加利福尼亚。我看着太阳底下绵延的山丘说:"我到家了。"美国的尽头也是大海,而这一次不必再登船离开了。就这样我留在了松林和葡萄园间。"看到我手里拿着锄头,"我说,"家乡的人一定会笑。"但在加利福尼亚不用锄地,更像是做园丁。我在那里见到了一些皮埃蒙特人,这让我很厌烦,我穿越大半个世界,难道是为了看到和我一样的人吗?而他们也不拿正眼看我,这不值当。我不种地了,去奥克兰当送奶工,晚上,在海湾对面可以看到旧金山的街灯。我最后去了旧金山,挨了一个月饿,从监狱里出来时，我甚至嫉妒那些中国人。这时我想，穿过整个世界是不是值得，无论见到谁。我又回到山丘上。

我在山丘上生活了一段时间，还找了个姑娘，但自从我们一起工作之后，我却不喜欢她了。那是苦栎树路的一家小饭馆，她坚持来门口接我，后来成了店里的收银员。后来她整天在收银台后面看着我，我用猪油煎东西，给杯子斟满酒水饮料。晚上我从店里出来，她穿着高跟鞋，在沥青路上小跑着赶上我，挽起我的胳膊。她希望我们能搭辆顺风车，一起下到海边，去电影院看电影。我们刚从饭馆的灯光里出来，头顶上只有星光，还有蟋蟀和青蛙的喧嚣。我渴望把她带到野地里，在苹果树下、小树林或山坡上矮矮的青草上，把她推倒在那片草地上，赋予星光下喧嚣的虫鸣意义。但她一点儿也不情愿，会像一般女人那样尖叫，要求去另一家酒馆。我们在奥克兰的一条巷子里有个房间，她想喝了酒再接受我的爱抚。

就是在这样一个夜晚，我听人讲到努托。那是一个从布比奥镇来的人。在他开口之前，我就从他的身材和步伐看出来了。他拉着一卡车木材，外面的人给车加油时，他要了杯啤酒。

"可能一瓶更好。"我用方言说，咬字很重。

他的眼睛笑了，看看我，我们说了一晚上话，直到外面汽车喇叭声不停响起来。诺拉在收银台伸长了耳朵在听，她有些不安，但她从来没有去过亚历山德里亚地区，听不懂我们说什么。我甚至给这位朋友倒了杯禁售的威士忌，他告诉我，他在家乡就做过司机，说了跑过的镇子，以及他为什么会来美国。"要是我知道这里喝这玩意儿……不好说，喝了的确会热乎起来，但就没有佐餐的葡萄酒……"

"什么都没有，"我对他说，"就像在月亮上一样。"

诺拉生气了，整理着头发，在椅子上坐不住了，打开收音机放舞曲。我朋友耸耸肩，在吧台上俯下身子，指着背后问："你喜欢这些女人？"

我用抹布擦着吧台。"不喜欢也是我们的问题，"我说，"这是她们的国家。"

他不说话了，听着收音机。虽然有音乐，我依然能听到青蛙的叫声。诺拉挺着胸，用鄙夷的目光看着我朋友的后背。

"就像这音乐，"他说，"能跟我们的比吗？他们根本就不会演奏……"

这时他告诉我，前一年在尼扎举行的演奏比赛，所有村镇的乐队都来了：科尔泰米利亚、圣马尔扎诺、卡内利、内伊韦。乐手一直在演奏，人们都跳不动舞了，赛马不得不推迟举行，本堂神父也在听舞曲，人们喝酒只是为了打起精神。半夜了，乐队还在演奏，最后内伊韦镇的提贝里奥赢了，可是当时争议很大，有人跑了，还有酒瓶砸在头上。在他看来，应该是萨尔托的努托赢……

"努托？我认识他。"

这位朋友告诉我努托是谁，干了什么。他说在当天夜里,为了让那帮不知好坏的人看看,努托在大路上演奏,一直到了卡拉芒德拉纳才停下。在月光下,他一直骑自行车跟着乐队听,他们演奏得特别好,就连屋子里正睡着觉的女人都从床上跳下来给他们拍手。这时乐队停下来,开始演奏另一首曲子。努托在乐队当中,用单簧管带领着所有人。

诺拉喊我去让车喇叭停下来。我给我的朋友又倒了一杯酒,问他什么时候回布比奥。

"明天都行,"他说,"如果可以的话。"

那个夜晚,在回奥克兰之前,我到草地上抽了一支烟。我远离车来车往的大路,坐在一片下面空荡荡的悬崖上。那天没有月亮,只有漫天繁星,青蛙和蟋蟀的叫声很喧闹。那天夜里,即使诺拉愿意让我推倒在草地上,我也觉得不够,青蛙不会停止鸣叫。即使汽车下坡加速冲下来,即使美国结束于那条路的尽头,结束于海岸上灯火通明的城市,这些都不够。在黑暗中,在花园和松林的气息中,我明白那些星星不属于我,它们就像诺拉和那些顾客一样让我害怕。猪油煎鸡蛋，不错的薪水，像西瓜一样大的橙子，这些什么也不是，就像那些蟋蟀和青蛙。来到这里值得吗？我还能去哪里？跳海吗？

　　这时我知道为什么在一辆汽车里，在一个房间里或在巷子的深处，时不时会发现一个被勒死的姑娘。是不是他们——这里的人也想扑倒在草地上，和那些青蛙息息相通，成为一小片地的主人，真正睡在那里，没有恐惧？虽然这个国家很大，所有人都有份，有女人、土地和金钱。可是没人会满足，没有人因为自己拥有的东西停下来，而乡村、葡萄园就像是公共花园，还有那些花坛，像车站的花坛一样虚假，要么就是荒芜的土地，焚烧过的土地，废铁堆积成山。这不是一个让人听天由命的地方，你可以低下头对别人说"无论多糟糕，大家是认识我的。无论如何，大家都会让我活下去"的国家，这是让人害怕的地方，他们之间也相互不认识。穿过那些山时，在每一个拐弯处你会明白，没有任何人在那里停下来过，没有任何人用手触摸过那里。

所以人们会把酒鬼痛打一顿，把他带到山里，就像那是个死人。这里不光有醉汉，还有坏女人。可能某一天，一个男人为了抚摸一具身体，为了让人知道自己是谁，他会掐死女人，在她睡觉时朝她开枪，用扳手打破她的头。

诺拉在大路上叫我，说想去城里，她的声音远远听起来像是蟋蟀。我想，她如果知道我的想法会怎样，我忍不住笑了。可是这些事不能对任何人说，说了也没用。某天早上，她可能就再也看不见我了，事情就是这样。可是我能去哪里呢？我已经到了世界的尽头，在最后一片海岸上，我感觉够了。我开始想重新翻越那些山丘。

4

即使是八月的圣母升天日,努托也不愿吹单簧管,他说那就像抽烟,决定戒掉的话就要彻底戒掉。他晚上来到天使旅馆,我们在我房间的小阳台上乘凉,小阳台朝着广场,下面乱哄哄的,像世界末日,但我们朝上看,看着屋顶之外皎洁的月光下的葡萄园。

努托对于任何事都会发表自己的见解,他在和我聊这世界到底是什么,他想让我告诉他外面的人说什么,做什么,他下巴靠在栏杆上听我说话。

"如果我能像你一样会演奏,我就不会去美国了。"我说,"你知道那个年纪的小伙子是什么样的,只要见到一个姑娘,和别人打打架,早上回到家就够了。一个人想要做事,实现自己,想要下决心,就再也不愿意过以前的生活,离开好像会容易一点。我们听到那么多,但在那个年龄,一个这样的广场就像是世界,一个人会相信世界就是这样……"

努托没有说话,看着那些屋顶。

"……不知道下面的广场上有多少男孩,"我说,"希望走上卡内利的路……"

"可他们不会,"努托说,"而你走了,为什么?"

这是因为在莫拉庄园,人们叫我"鳗鱼"?因为一天早晨,在卡内利的桥上我看见一辆小汽车撞到了一头牛?因为我连吉他都不会弹?这些事人们都知道吗?

我说:"我那时在莫拉庄园过得太好了,以为全世界都和莫拉庄园一样。"

"不是这样,"努托说,"这里大家都过得不好,可没有人离开,因为人各有命。你去热那亚,去美国,去看世界,你要做事,想要明白自己会遇到什么。"

"正好是我吗?可并不需要去那么远的地方。"

"也许是好事，"努托说，"你没有挣到钱吗？也许你都没意识到，但每个人身上都会发生一些事。"

他低着头说话，声音仿佛受到了栏杆的阻挠，他的牙齿在护栏上滑动，好像是在玩。突然他抬起头，"总有一天，我会给你讲讲发生在这里的事。"他说，"每个人都会遇到一些事。你看到一些孩子、一些人，什么也不是，也不作恶，可有那么一天，他们也……"

我感觉他欲言又止，他吞咽着唾液，自从我们重逢以来，我还不习惯把他当成一个经历了变化的人，他依然是以前那个英勇、能干的人，可以教导我们所有人，总能说出自己的想法。我意识不到，我已经赶上了他，我们都有着丰富的经历。我也没觉得他变了，他只是壮实了一点，少了一点幻想，那张猫一样的脸更加平静狡狯。我等着他鼓起勇气把想说的说出来，我常常看到一些人，只要给他们时间，他们会全盘托出。

可是那天夜里努托没说什么,他改变了话题。

他说:"你听听广场上的人,他们一边蹦跶,一边咒天骂地。本堂神父让他们来向圣母祷告,就得容忍他们发泄,而他们为了能发泄情绪,就必须给圣母点灯。双方谁上当受骗?"

"他们相互欺骗。"我说。

"不,不。"努托说,"本堂神父占了便宜。香火、炮仗、总管、音乐的钱谁掏?都是那些穷人,他们为了买巴掌大一片地累死累活,到头来还是被人吞掉。"

"你不是说,开销的大头是由最有野心的家族承担吗?"

"可那些有野心的家族从哪里搞到钱?他们让用人、女仆、农民干活。还有土地,他们在哪里得到的?为什么有人有许多土地,而有人什么都没有?"

"你成共产党了吗?"

努托愉快地瞥了我一眼,他等着广场的音乐平息下来，一边用眼睛瞄着我，一边嘀咕说："我们镇子里的人都太无知了，共产党不是谁都能当的。以前有一个，人们叫他吉尼亚，他自称是共产党，在广场上卖甜椒。他爱喝酒，在夜里大喊大叫。这些人的坏处比好处多，会败坏共产党的名声，需要一些有文化的共产党员。那个吉尼亚，人们很快就挤对他，没人买他的甜椒了，他上个冬天不得不离开了。"

我说他讲得有道理，但他们应该在一九四五年趁热打铁，采取行动，那像吉尼亚这样的人也会发挥作用。"我以为回意大利能看到一些成果，你们都已经抓住刀柄了……"

"我只有刨子和凿子。"努托说。

"我到处都看到可怜人，"我说，"有的地方，苍蝇都比基督徒过得好，但这还不足以让人们反抗。人们需要推动，而你们有力量，也有推动力……你当时也在山上打游击吗？"

我从来没问过他这个问题。我知道村子里一些人在那场战争中死去，都是比我们小二十岁的一代人，有的死在了路边，有的在树林里。我知道很多事，我向他打听了很多事，但没有问过他有没有系上红领巾，拿起枪。我知道树林里全是外来的人：逃兵、逃离城市的人、头脑发热的人，而努托不属于这些人。努托就是努托，他比我更知道什么是对的。

"我没有。"努托说，"如果我去了，他们会烧了我的房子。"

在萨尔托的河岸边，努托曾把一个受伤的游击队员藏在一个洞里，夜里给他送吃的。他母亲跟我说了这件事，我相信这是真的，这是努托会做的事。昨天他在路上遇到两个男孩在折腾一只蜥蜴，他从他们手里夺走了蜥蜴。二十年过去了，对于所有人来说都一样。

"当年我们去河边，如果马泰奥先生这样教训我们。"我对他说，"你会有什么反应？那时候你毁了多少鸟巢？"

"都是愚昧的行为。"他说,"我俩都做了坏事。放过那些小动物吧,它们在冬天已经受够罪了。"

"你说得对,我不说了。"

"再说,如果小时候就这样,长大了可能会杀人放火,烧毁村子。"

5

太阳照在山包上,野草丛和石头反射出刺眼的光,我已经差不多忘记这种日光了。热气不是从天上下来的,而是从地底下,从葡萄树间的深处冒出来的,好像要吞噬所有绿色,进入葡萄树的枝条里。这是我喜欢的热,它有一种特殊的味道,在这种气味里混杂着很多记忆,无数次给葡萄疏叶、收葡萄和收割草料,那么多气味,那么多念想,我已经差不多忘记了。因此我喜欢从天使旅馆出去,看看地里的庄稼。我甚至希望自己没有改变人生,而是留在了这里。路上的人和我攀谈,问我是不是来买葡萄或什么东西,我真希望事情是他们说的那样。在这个村子里,没有任何人记得我,没有人知道我曾是个仆人、杂种,他们只知道我在热那亚有些钱。

或许有某个当仆人的男孩——就像曾经的我,或者某个在百叶窗后面过着苦闷生活的女人,他们想着我,就像我过去想着卡内利的那些小山丘,想到世上的人——他们挣钱,享受生活,漂洋过海。

已经有几个人半开玩笑半是认真地想要把庄园卖给我,我双手放在背后听着,并不是所有人都知道我很在行。他们说到这些年的大丰收,可现在需要把地深耕一下,砌一道墙,移栽新树,而他们办不到。"这些收成在哪里?"我对他们说,"这些收益?为什么你们不把赚的钱投在地里?"

"肥料……"

我曾经批发过肥料,我打断了他们的话。然而我喜欢这种谈话,更喜欢到地里去,我们经过一个打谷场,看一看马厩,喝一杯葡萄酒。

回到卡米内拉农舍的那天之前,我已经认识了老瓦利诺。在广场上,努托把他拦住,当着我的面问他认不认得我,那是个又黑又瘦的男人,鼹鼠一样的眼睛小心翼翼地打量着我。努托笑着对他说，我曾经吃过他的面包，喝过他的葡萄酒。他有些不知所措，云里雾里。我问是不是他砍了那些榛子树，在马厩上面是不是还有一架无籽葡萄。我们告诉他我是谁，从哪里来。瓦利诺黝黑的脸没有变色，只是说河岸的土地很贫瘠，每年下大雨都要冲走一块。在离开之前，他看看我，然后对努托说："你抽空来我那里一下。我想让你帮我看看漏水的木桶。"

后来努托对我说："你在卡米内拉农舍，不是每天都能吃上饭……"他不开玩笑了，"但你们不用把收成分给别人。现在别墅的夫人买了那间小农舍，她会带着秤来分东西……她已经买了两个农舍和一家店铺，还说村里的人手脚不干净，都是些恶人……"

我一个人回到了那间农舍，我在想瓦利诺那些年的生活，他有六十岁了吗？也许还不到，他一直都是佃农。他在多少人家里，在多少地里干过活，他在那里吃饭、睡觉。不管烈日还是寒风，他在地里劳作，有多少次，他把家什装在一辆不属于他的小推车上，走上一条也许再也不会踏上的路。我知道他是个鳏夫，妻子在他之前干活的农舍死去了，几个大一些的儿子在战争中死去，现在只剩下一个小儿子和两个女人。他在这个世上还能做什么？

他从来没走出过贝尔波河谷。我不由自主停在田间小路上，我想，如果二十年前我没有逃走，这也是我的命运。虽然我在外面的世界走了一圈，他只是在这些山丘上兜兜转转，我们都永远不能说："这是我的地，我将在这个屋檐下老去，将在这个房间里死去。"

来到打谷场前的无花果树下，我又看见那条小路，两边是长满野草的山坡。现在路上铺上石头台阶，草场到路上的那段小坡还是和以前一样：柴堆下的枯草、一只破篮子、几个被压扁的烂苹果。我听到狗在上面带着铁链跑。

我走完台阶，伸出头时，狗已经像疯了一样，它用后腿立起来，吠叫着，喘不过气来。我继续往上走，看见了门廊、无花果树的树干，靠在门上一把耙子，带结的绳子从大门上的洞口垂下来，墙上的藤架上是同样的绿荫，屋角上是同样的迷迭香。还有房屋、河岸、烂苹果、干草和迷迭香的味道，都和之前一样。

在平放着的车轮上坐着个男孩，穿着一件肉色的上衣和一条破破烂烂的裤子，只有一根背带，一条腿很不自然地向旁边叉开。这是一种游戏吗？他在太阳下看着我，手里拿着一块干兔子皮，他合上薄薄的眼皮，好像在争取时间。

我站住了，他继续眨着眼睛，狗在狂叫，拉扯着铁链。男孩没有穿鞋子，眼睛下有一道伤疤结了痂，肩膀瘦骨嶙峋，腿没有动。我突然回想起我有很多次也生过冻疮，曾经膝盖上全是伤疤，嘴唇干裂。我想起了我过去只在冬天才穿木屐，想起维尔吉利亚妈妈把兔子肚子剖开后剥皮。我对着他摇了摇手，打了招呼。

门口出现了一个女人，不，是两个女人，穿着黑色的裙子，一个很老，佝偻着身子，另一个年轻一点，非常消瘦，她们看着我。我大声说我找瓦利诺。他不在，去河岸上了。

那位年轻一点的女人对着狗叫喊，抓住狗链，拉住它，狗依然在低声咆哮。男孩从轮子上站起来，他艰难地站起来，拖着一条腿，他站起来慢慢朝着狗走去。他是个瘸子，佝偻病，我看见他的膝盖没有手臂粗，他一条腿拖在身后，像个负担。他大概有十岁，在这个打谷场上，我看见他就像看见当年的自己。我看了一眼门廊下面，无花果树后面的玉米地，渴望安焦利娜和朱莉娅从那里冒出来。不知道她们现在在哪里？如果她们还生活在某个地方，应该和这个女人一般年纪了。

狗安静了，她们看着我，什么也没有说。

6

这时我说,如果瓦利诺很快回来,那我等他一会儿。她们齐声回答说,有时候他很晚才回来。

两个女人中有一个把狗拴住了,她没有穿鞋子,皮肤被太阳晒得黝黑,嘴唇上长了些胡子,她用瓦利诺的那种幽暗、谨慎的目光看着我。这是他的小姨子,现在和他睡在一起,和他在一起久了,变得有些像他了。

我走进打谷场(狗又扑了过来),说我小时候就生活在这片打谷场上。我问那口井是不是还在后面。那位老太太坐在门槛上,有些不安地嘟哝了几句;另一个女人弯下腰,扶起倒在门口的耙子,大喊着让那个男孩去河岸那边看看,看他爸爸在哪里。我说不必了,我从下边路上经过,突然想要看看小时候生活的房子，我对这片地很熟悉，从河岸一直到那棵核桃树，我可以自己去转转，找到他。

走之前我问："这孩子是怎么了？跌倒在一把锄头上了吗？"

两个女人看看我，又看向了那男孩，他笑了起来，毫无声息地笑起来，但马上闭上了眼睛，我也知道这种游戏。

我问："你怎么了？你叫什么名字？"

那个消瘦的女人回答我了，她说门蒂娜死的那年，医生看过钦多的腿，那时他们还在奥尔托。门蒂娜躺在床上喊叫，医生在她死的前一天对她说，这孩子骨骼有问题，那是因为她的缘故。门蒂娜回答说，那些当兵死去的儿子都是健康的，这个儿子生下来是这样，她知道是因为那条想要咬她的疯狗把她吓得没了奶水。医生斥责她说，根本不是奶水的问题，而是因为她砍柴，下雨赤着脚走路，只吃鹰嘴豆和棒子粥，还背筐子。医生说了，这种事应该事先预防，现在已经来不及了。门蒂娜反驳说，可是别的儿子都很健康,第二天她就死了。

男孩倚在墙上听我们说话,我发现他刚才并不是在笑,他的腮帮子有些突兀,稀疏的牙齿,眼睛下还有一个伤疤,他像是在笑,其实是在仔细听我们讲话。

我对那两个女人说:"那我去找瓦利诺。"我想一个人去。可那两个女人向男孩喊道:"勤快点儿,你也去看看。"

我沿着葡萄园边的草地走着,葡萄架之间现在是被太阳炙烤的麦茬。葡萄园的后面原本是幽深的榛子林,现在山坡上是一片低矮的玉米,这时只要抬起眼睛望向远处,就会发现那片地其实很小,简直像块手绢。钦多在我身后一瘸一拐地走着,我们一下子就到了那棵核桃树前。我觉得很不可思议,自己小时候在这里游荡、玩耍过,从大路那里下到河岸边,寻找落在地上的核桃和苹果,曾经和两个姐妹带着山羊在草地上度过很多午后,在冬天的日子里,我们盼望着天气好一点儿能去那里,这里并不是世界，也不是镇子。如果不是在我十三岁时偶然走了出去，当时教父去了科萨诺镇，我到现在可能还过着瓦利诺或钦多的生活。我们当时怎么能弄到吃的，想想也是神奇，我们啃苹果、南瓜、鹰嘴豆，维尔吉利亚妈妈能让我们吃饱肚子。我明白瓦利诺的脸为什么那么阴沉，他拼命干活，还要把收成分给地主。带来的结果就是：两个充满怒气的女人，那个残疾男孩。

我问钦多，他有没有见过之前的榛子林。他用那只健康的脚站住，惊异地看着我，对我说河岸的尽头还有几棵榛子树。我回过头来和他说话，看到葡萄树的上方，那个穿黑衣服的女人正从打谷场上远望着我们。我为自己的外套、衬衣、鞋子感到羞愧，我有多久没有光脚走路了？要让钦多相信我曾经像他一样，只是跟他这样聊卡米内拉山是不够的。对他来说，卡米内拉是世界，所有人都是这样和他聊的。如果在我小时候，面前出现一个像我现在这样高大的男人，我陪着他到地里去，我会说什么呢？我忽然产生了一种幻觉，就好像家里还有两个姐妹，还有山羊在等着我，我会骄傲地向她们讲述我的壮举。

现在钦多兴致勃勃地走在我身后，我把他带到葡萄园的尽头。我认不出那些葡萄树了，问他谁移栽了新的。他话多起来了，一本正经对我说，别墅的夫人昨天来收了番茄。"她给你们留了吗？"我问。"我们已经收过了。"他对我说。

我们待的地方在葡萄园后面，长着草，还有山羊饮水的地方，山丘在我们的头顶绵延。我让他说说，住在远处房子里的人都有谁。我告诉他以前谁住在那里，他们养了什么狗，告诉他那时我们都是孩子。他听我说着这些，告诉我现在有些人还住在那里。我问他河岸上那棵高大的、长到我们脚下的树上，苍头燕雀的巢还在不在，问他有没有用篮子在贝尔波河里捞过鱼。

奇怪的是，虽然一切都是老样子，但好像都变了。以前的老葡萄树一棵也没留下来，没有任何一头过去的牲口，现在地里是麦茬，麦茬和一行行葡萄树，人们在这里生活、长大、死去。然而看看周围，冲进贝尔波河里断裂的树根，卡米内拉的巨大山腰，对面萨尔托山上远远的小道、打谷场、水井、人声、锄头，一切都是老样子，都有那时的气息、味道和颜色。

我问他知不知道周围的村镇，是不是去过卡内利镇。他爸爸去岗齐亚卖葡萄时，他曾经坐在马车上去过那里。还有几次，他和皮奥拉家的孩子穿过贝尔波河，到铁路边上去看火车经过。

我告诉他，我小时候这条河谷更大，有一些阔人坐着四轮马车在山谷里转，是穿着马甲、戴着金链子的男人，镇子里、火车站那里有撑着太阳伞的女人。我告诉他过去的一些节日：结婚、洗礼、圣母升天日，人们从远处、从山顶上下来，乐手、猎人和市长都会来。那时有些房子、小楼，就像卡内利山上的"鸟巢"别墅，可以住十五二十个人，就像在天使旅馆里一样，人们整天吃吃喝喝，演奏音乐。我们这些小孩子,过节的日子也在打谷场上玩。小孩在打谷场上过节,夏天玩跳格子,冬天在冰上玩陀螺。跳格子是单腿跳,就像他那样,在用石子摆成的线中间跳,不能碰到石子儿。收葡萄之后,猎人在山上和树林里转,他们会去卡米内拉、圣格拉托、卡莫山,回来时一身泥土,精疲力竭,但满载着山鹑、野兔和各种野味。我们从农舍里看着他们经过,一直到晚上,在镇上的房子里能听到人们聚会的声音,在下面的"鸟巢",那时还没有那些树,能看到别墅所有窗子都亮着灯,就像着火了一样,一直到第二天清晨,可以看见客人的影子在窗前晃动。

钦多坐在河畔,张着嘴听着,眼睛下还有那个痂。"我那时像你一样,还是个孩子,"我对他说,"我和教父住在这里,我们有一只山羊,我出去放羊。冬天猎人不再从这里经过,日子很无聊,连河岸都不能去,当时水很多,还有雾凇,现在没有了。狼从卡米内拉山下来,因为在树林里也找不到吃的了,早晨我们在雪地上可以看到它们的脚印,像是狗的脚印,可是要更深。那时我和姐妹睡在后面的房间里,夜里能听到狼的叫声,河岸上很冷……"

"在河岸上,去年发现了一具死尸。"钦多说。

我不再讲过去的事,问他是什么人。

"一个德国人,"他对我说,"游击队把他埋在卡米内拉山里了,被剥光了……"

"离大路这么近?"我说。

"不,他从上游来的,在河岸那里。河水把他冲下来,我爸爸在烂泥和石头下发现了……"

7

这时,河岸上传来砍木头的声音,每砍一下,钦多都眨一下眼。

"是我爸爸,"他说,"他在这下面。"

我问他为什么先前我看着他时,女人们说话时,他要闭着眼睛。他马上不由自主地又闭上眼睛,否认这样做过。我笑了起来,说我小时候也爱玩这个游戏,这样我就只看见我想要的东西,重新睁开眼睛时,一切还是老样子,我会很开心。

他高兴地笑了起来,露出牙齿说,兔子也会这样。

"那个德国人,"我说,"可能已经被蚂蚁吃光了。"

从打谷场那边传来女人的叫声,她在喊钦多,要钦多回去，在骂他，我们笑了起来。在山上经常会听到这样的声音。

"已经搞不清楚是怎么被杀死的，"他说，"他在地下埋了两个冬天了……"

我们下到河边，周围是肥厚的树叶、荆棘和薄荷，瓦利诺微微抬起头来。他正用一把修枝刀砍一棵柳树红色的树梢。和过去一样，外面已经是八月，那下面很阴冷。以前这里的河岸会有积水，夏天会形成水坑。我问他，今年这么干，他要把柳枝放在哪里晾。他弯下腰，想要把那些枝条捆起来，但又改了主意。

他停下来看看我，用脚把枝条踩紧了，把修枝刀挂在裤子后面。他的裤子和帽子上都沾满了污泥，几乎是天蓝色的，他应该给葡萄树喷药时穿过。

"今年葡萄结得很好，"我对他说，"只是缺点儿水。"

"总是缺点什么，"瓦利诺说，"我等努托来看那个漏水的木桶，他没来吗？"

我解释说，我碰巧经过卡米内拉山，想要在地里看看。我已经快认不出来了，地都改造过了，葡萄树是不是三年的新树？我问他，家里他们也收拾过了吗？我住在那里时，烟囱有些堵，后来把那堵墙拆了吗？

瓦利诺对我说，女人在家里，会管家里的事。他仰起头，看着头顶上细小的树叶，他说这里的地和任何地方的地一样，要有收成就要有人手，现在没有劳力了。

我们谈到战争和死去的人，关于几个牺牲的儿子，他什么也没有说。我说到游击队和德国人时，他耸了耸肩，忍不住说，那时他在奥尔托镇，他看到有人烧了齐奥拉家的房子。整整一年没有人管庄稼，如果所有人都回家去，德国人回自己家，我们的小伙子都回到地里，那对谁都有好处。那么多生人的脸，那么多人，很多都是外来的人，从来没有见过，他年轻时候去逛集市也没见过那么多人。钦多张着嘴巴听我们说话。"不知道有多少人，"我说,"还埋在树林里。"

瓦利诺阴沉着脸看着我,他眼睛浑浊冰冷。"有的是,"他说,"有的是死人,只要花时间去找。"他的声音不带厌恶,也不带怜悯。好像在谈采蘑菇或砍柴。有一刻他有些激动,说:"他们活着没有结果,死了也没有。"

听他说这些,我想,努托也许会认为他很愚昧、可悲,也许会问他世界是不是应该一成不变。努托转过了那么多村子,知道这周围所有人的不幸,他也许从来也不会思考这场战争有什么用,就是需要打一场仗,命运就是这样安排的。努托有很多类似的想法,他认为就是应该发生一件席卷所有人的事,这个世界有问题需要打破重建。瓦利诺没有问我,要不要上家里去喝一杯。

他收好柳枝捆,问钦多是不是已经去割草了。钦多站远了一点,看着地面,没有回答。瓦利诺上前一步,用那只空着的手拿起一根柳条抽了一下,钦多跳开了,瓦利诺脚下绊了一下,又站直了身子;

钦多在河岸的深处，看着他。

　　老头没有说话，抱着柳枝朝着山坡走了上去，一直到了坡顶也没有回头看一眼。我觉得自己像是来和钦多一起玩的孩子，老头不能对我发火，只能拿钦多撒气。我和钦多相互笑了笑，没有说话。

　　我们在清凉的树荫下来到河岸，经过太阳底下的水坑，就能感到闷热，汗也出来了。我仔细看着那堵石墙，就是在我们的草场对面，支撑着莫罗内家葡萄园的那堵墙。在墙头，荆棘的上方，可以看到那些早熟的白葡萄，还有一棵漂亮的桃树，上面还挂着一些红色的叶子。就像我小时候，有时一些桃子落在河岸上，我们会觉得比自己家的桃子要好吃。这些苹果树、桃树，夏天树叶就已经发红、变黄了，树叶就像成熟的果实，现在还让我觉得眼馋，待在树下，会感到幸福。对我来说，所有树都应该结果，葡萄园里就是这样。

　　我和钦多谈到了球星，谈到玩纸牌的人。我们来到大路上，在河岸边的矮墙下，金合欢树丛中。

钦多见过一个人在广场上摆摊,手中拿着一副牌,他对我说,他家里有一张黑桃二和一张红桃尖,是有人丢在大马路上的,有点脏了,但还是好的,如果找到其他牌,就能玩了。我对他说,有人靠玩牌为生,会赌上房子和土地。我对他说,我曾经在一个国家里,那里的人耍钱时,桌上放着一堆金币,马甲里装着手枪。

以前在我们这里,我小时候,一些庄园主卖掉了葡萄或小麦后,套好马,一早出发去尼扎,去阿奎伊,带着小包的金币,会玩一整夜,他们输掉了金币,然后输掉树林、草场、农场。第二天早晨,人们发现他们死在小酒馆的床上,在圣母画像和橄榄树枝下,或者坐着双轮马车离开了,永远销声匿迹。有人还输掉了妻子,孩子孤孤单单,没人管,会被赶出家门,被人称为"杂种"。

"毛里诺的儿子,"钦多说,"是个杂种。"

"有人会收留他们,"我说,"总是那些可怜人收养杂种,可见毛里诺需要儿子……"

"要是有人提这茬，他就发火。"钦多说。

"你不应该对他说这些。如果你父亲把你送人，你有什么错？只要愿意干活就够了。我认识一些杂种，他们最后买了庄园。"

我们已经走出了河岸，钦多拖着腿走到我前面，坐到矮墙上。在大路另一边的树木后面是贝尔波河。我们以前把山羊带到河岸和山坡上放一下午，就来这里玩，大路上的石子还是一样，树木新鲜的枝条有流水的味道。

"你不去给兔子割草了？"我说。

钦多说他会去的。我走了，一直到路拐弯处，我都感觉芦苇丛里有一双眼睛看着我。

8

我决定和努托一起去卡米内拉山的农舍,这样瓦利诺才能让我进门。可是努托不经常路过这里,而我时常去那里,有时钦多在小路上等我,或是从芦苇丛中钻出来。他靠在矮墙上,一条腿耷拉着和我聊天。

但最初的几天之后,节日和足球比赛结束了,天使旅馆变得安静。在苍蝇的嗡嗡声中,我坐在窗口喝咖啡,看着空荡荡的广场,我感觉自己像个镇长,从政府的阳台上看着整个镇子。我小时候根本无法想象这种情景。一个人远离家乡,做各种工作,不知不觉就淘到金了。淘金就是去很远的地方,最后回来,变得有钱、高大健壮、自由自在。小时候我根本不懂这些,尽管我经常眼睛盯着大路,看着路过的人、卡内利的别墅，还有天边的山丘。这就是命运，努托说。与我相比，他没有挪过窝，没有去闯世界，没有淘到金。他就像这山谷里许多人那样，像一棵树一样长大，像女人或山羊一样变老，永远不知道在博尔米达河的那边发生了什么，只是一直在家、葡萄园、集市的圈子里。虽然没有挪窝，但他也遇到了一些事，一种命运。他有自己的想法，他觉得需要搞清楚状况，匡扶正义，这个世界很糟糕，所有人应该努力改变它。

我明白在小时候，我赶着母山羊出去放，在冬天时用脚踩着柴，愤怒地把它劈开，或者玩耍时闭上眼睛，想看看重新睁开眼睛时山丘是不是会消失，甚至在那时，我就在为我的命运做准备，没有家，四处浪迹，希望在山丘的另一边有更漂亮、更富有的村子。天使旅馆的房间，那时我根本没有来过，但我总是觉得那里住着一位绅士，口袋里装满金币，他是一座庄园的主人，坐着双轮马车出发去看世界，在一个美丽的清晨，会发现自己住在这样一个房间里，在白色的脸盆中洗手，在一张桌面发亮的旧桌子上写一封信，寄到很远的地方，寄到城市，会有猎人、市长和撑着太阳伞的贵妇读到它。现在事情就是这样：早晨我喝着咖啡，会写信到热那亚、美国，管理着我的资产，养着一些人，也许一个月之后，我又会乘船漂洋过海，跟着我的信去远方。

　　一天我与骑士在楼下喝咖啡，对着艳阳下的广场。骑士是老骑士的儿子，我小时候，老骑士拥有城堡的土地，还有许多磨坊，在我还没有出生时，他甚至在贝尔波河筑了一道坝。他有时会从大路上经过，坐着仆人赶着的两匹马拉着的车。他们在镇子里有一栋小别墅，周围有花园围绕，种着奇花异草，没人知道它们的名字。我冬天跑着去学校，在栅栏前停下来时，别墅的百叶窗总是关着。

　　现在老骑士死了，骑士是个秃顶的小律师，他不干律师的工作。家里的土地、马匹、磨坊，都被他在城里当单身汉时折腾光了。城堡的大家族已经消失了，只剩一小片葡萄园、几件旧衣服，他拿着一根银把手的手杖在镇子里转悠。他很客气地与我说话，他知道我从哪里来，问我有没有去过法国，他喝咖啡时翘着小指头，身子向前倾着。

他每天停在旅馆前和其他顾客聊天，他知道许多事，比年轻人、医生，比我知道得都多，但都是一些和他现在的生活不相符的事。只要听他说话，就能明白老骑士死得真是时候。我觉得他有点像别墅的那座花园，满是棕榈树、异国的芦苇，还有带着标签的花。骑士也以自己的方式逃离过家乡，去游历过世界，可是没有淘到金。亲戚们抛弃了他，他妻子（都灵的一位女伯爵）死了，他唯一的儿子——未来的骑士，在服兵役前就因为女人和赌博自杀了。然而这位老人，这个可怜人，与他最后一片葡萄园的农民睡在一间小饭厅里，却总是彬彬有礼，穿得整整齐齐，总是很绅士，每次遇到我都摘下帽子。

从广场上可以望见他的那座小山丘，那片地就在镇政府屋顶的后面。那是一片状况糟糕的葡萄园，全是野草，在山顶上，一丛松树和芦苇刺向天空。下午，那些无所事事，在广场上喝咖啡的人常常开他玩笑，提到他的佃农，其实圣格拉托一半的地产都是这些佃农的，他们留在他家里，只是为了自己方便，离镇子近一些，他们从来不会记得给他的葡萄园锄草。但他振振有词，说那些佃农知道葡萄园需要什么，再说，过去那些绅士、领主会让一部分田地荒着，用来打猎，或是出于其他癖好。

听到骑士要打猎的想法，大家都笑了起来，有人对他说，最好还是在地里种上鹰嘴豆。"我种了树的。"他忽然激动地说，声音有些颤抖。他那么文明礼貌，不知道怎么捍卫自己，这时我插了几句，把话题岔开。大家聊起了别的，但看得出老骑士并没有完全死去，因为这个可怜人懂得我的意思。我站起身来时，他说要和我说句话，我们在其他人的注视下走向了广场。他告诉我说，他老了，太孤单了，家里不能接待人，不过，我方便的时候上去造访他，他会很高兴。他知道我已经看过别家的地了，如果我有一点时间……我又错了，我心想，看来这位骑士也想卖地。我回答说，我在镇子里不是为了做买卖。"不，不，"他急忙说，"我说的不是这个意思。纯粹只是看一看……我要让您看看那些树，如果您愿意的话……"

我当即就去了，避免他为了接待我而做准备。在深色屋顶上的那条小路，在那些人家的院子上方，他对我说，出于各种原因他不能卖掉葡萄园，因为这是带着他的姓氏的最后一块地，不然的话他就会沦落到别人家里。留着这片地，对于佃农也合适，反正他只有一个人……

"您不知道，"他对我说，"在这些村子里，没有地的生活是什么样的。您的先人埋在哪里？"

我说我不知道。他沉默了一刻，觉得很有意思，又感到惊讶，摇摇头。

"我意识到了，"他轻声说，"这就是生活。"

他不幸有一个刚过世的家人，埋在镇子的墓地里，其实已经十二年了，感觉像是昨天。那不是每个人都注定的死亡，而是深思熟虑、认命的死亡。

"我犯了许多愚蠢的错误，"他对我说，"生活中总会犯错。上了年纪，真正的毛病是悔恨。但有一件事我不能原谅自己，那个孩子……"

我们来到小路的拐弯处，在芦苇丛下。他停下来小声说："您知道他是怎么死的？"

我点点头。他说话时，双手紧紧抓着拐杖的把手。"我种了这些树，"他说。在芦苇后面可以看到一棵松树。"我希望在山顶上，这片土地是他的，他喜欢这样，自由、野性，就像他小时候那片园子……"

这是他的念想。这一丛芦苇，以及后面有些泛红的松树，林下茂盛的草，使我想起卡米内拉山，葡萄园顶上的凹地。这里的美好之处就是山丘的顶部，一切都结束于虚空。

"所有的乡村，"我对他说，"都需要这样一块荒地……但葡萄园还是要好好照管。"我说。

在我们脚下，可以看到那些长得很糟糕的葡萄树。骑士苦笑了一下，摇摇头。"我老了，"他说，"那些农民……"

9

　　现在要下山去,到他家院子里,给他这个面子。但我知道,这样一来他就要为我开一瓶葡萄酒,事后他要向佃农付这瓶酒的钱。我说时间已经晚了,有人在镇子里等着我,这个时间我一般什么也不喝。我离开了,把他留在树林里,松树下。

　　我每次经过卡米内拉,去往桥边的芦苇丛,都会想着骑士讲的这个故事。我曾经和安焦利娜、朱莉娅一起在这里玩耍过,给兔子割草。钦多现在经常在桥上,我送了他鱼钩和鱼线,告诉他怎么在深海钓鱼,海鸥会跟着船乘风飞行。在这里看不到圣格拉托,也看不到镇子,但在卡米内拉和萨尔托的巨大山脊上,在比卡内利镇更远的山丘上,有一些深色的树林、芦苇、灌木丛,和之前看到的一样,和那片荒地很像。我小时候从来没有上去过，长大一些我一直在地里干活，只满足于去集市，参加舞会。现在我一直想上去看看，我想在山顶上面，在芦苇和最偏远的庄园后面，一定有什么东西。那里会有什么呢？山顶上是太阳炙烤下的荒地。

"今年人们点篝火了吗？"我问钦多，"我们以前每年都点。圣乔瓦尼节的夜里，山上到处都是篝火。"

"没多少，"他说，"他们在火车站点了一堆很大的篝火，可是这里看不见。皮奥拉说，以前点篝火，会放一捆捆柴进去。"

皮奥拉是他的"努托"，一个高大敏捷的大男孩，我有时看见钦多跟在他屁股后面，在贝尔波河边上拖着腿跑。

"不知道人们为什么会点篝火。"我说。

钦多在听。"我小时候，"我说，"老人说，点篝火会让天下雨……你父亲点篝火了吗？今年是需要些雨水……到处都在点篝火。"

"看起来对地有好处,"钦多说,"会让地变得肥沃。"

我觉得自己像另一个人,我和他说话,就像努托曾经对我说话。

"可是,人们为什么总是在耕地之外点篝火?"我说,"第二天你会在路上、河边、荒地里看到篝火烧完的灰烬……"

"又不能把葡萄园烧了。"他笑着说。

"是的,可是好地也要施肥……"

我们的谈话从来都无法结束,因为会有一个愤怒的声音在喊他回去,或皮奥拉家或莫罗内家的男孩经过,这时钦多站起来,就像他父亲会说的:"让我去看看。"就离开了。我从来没有搞清楚他停下来和我聊天是出于礼貌,还是因为自己乐意。当然,我向他讲述热那亚港口的情形:怎么装船,船上的汽笛声、水手的文身,他们在海上待多少天,他眯着眼睛仔细听我说。我想,这个孩子腿有问题,在乡下肯定会挨饿受穷。他永远不能锄地或背筐子,更不能当兵，因此永远无法看到城市，但至少要让他产生一点念想。

"大船上的汽笛，"那天我谈起汽笛时，他问我，"是不是就像打仗时，卡内利响起的警报声？"

"在这里都能听到？"

"当然。他们说，比火车的汽笛声还响，所有人都听得到。夜里人们出来，看是不是卡内利被轰炸了。我也听到了，还看到过飞机……"

"可你那时候还小，还抱在怀里呢……"

"我发誓，我记得这些。"

我对努托说了我跟那孩子讲了什么，他噘起了嘴，就像是要吹单簧管一样，用力摇了摇头。"你不应该这样，"他对我说，"你错了。为什么要让他产生这些念想？只要现状无法改变，他就会一直是个可怜人……"

"至少他该知道他失去了什么。"

"这有什么用。他看到世界上有人过得好，有人过得不好，这会对他有什么好处？他其实只要看看他父亲就明白了，只要星期天到广场上去看看，教堂台阶上一直有人在乞讨，像他一样是瘸子，而在教堂里有专为有钱人设的凳子，有黄铜的铭牌……"

"越是唤醒他，"我说，"他越能明白事理。"

"把他送到美国去也没有用。这里和美国一样，有百万富翁，也有吃不上饭的人。"

我说，钦多应该学一门手艺，他必须从他父亲的魔爪下逃离出来，才能去学手艺。"也许他生来是个杂种还好些，"我说，"他就不得不走出去，找条生路。如果他不在人群中混一混，长大也会像他父亲。"

"有些事需要改变。"努托说。

这时我说，钦多很机灵，他也许需要在一个庄园里待着，就像以前莫拉庄园对于我们。"莫拉庄园就像世界一样。"我说，"就像美国、海港。那里人来人往，大家干活、聊天……现在钦多是个小孩，以后长大会遇到姑娘……你想要让他明白，认识那些聪慧的女人意味着什么吗？像伊蕾妮和西尔维娅一样的姑娘……"

努托什么也没有说，我意识到他不愿意提到莫拉庄园。尽管他跟我聊起了他当乐手的那些年，但是更早的时候，就是我们小时候的事，他从不提及。要么他会改变话题，会讨论别的问题。但这次他默不作声，噘着嘴，我提到庄稼茬里点的篝火时，他才抬起头。"篝火肯定有好处，"他忽然说，"会唤醒土地。"

"可是努托，"我说，"就连钦多也不相信这个。"

他说，他也不知道这是为什么，是不是热气、生命力或汁液被唤醒了，事实是，所有那些边上点了篝火的地，收成会更好，果实更丰硕。

"这我倒是没听说过，"我说，"那你也相信月亮了？"

"月亮，"努托说，"无论如何都得信。你试着在月圆时修剪一棵松树，虫子会把它咬空。酒桶也要在新月时洗。甚至是嫁接，如果不是新月那几天嫁接，新枝条就长不住。"

我对他说，在世界上，我听过许多故事，但这是最荒唐的。如果一个人相信这些祖母才会相信的迷信，那么对政府的宣传、神父的布道说三道四有什么用。这时努托心平气和地对我说，迷信只是那些有害的东西。如果一个人利用月亮和篝火盘剥农民，不让他们知道真相，那么这人就很愚昧、落后，应该在广场上枪毙他。但在聊这些之前，我应该重新变成乡下人，一个像瓦利诺的老人，他虽然什么都不知道，但很懂土地。

我们很激烈地争论了一段时间，像两只愤怒的狗，但锯木厂有人喊他，我笑着走上了大路。我有点想去莫拉庄园，但这时天热了起来。这是晴朗的一天，阳光灿烂，我朝卡内利镇看了一眼，一眼望去，我看到了贝尔波河的平地，正面的卡米内拉山，萨尔托山的侧影，还有"鸟巢"别墅红色的小楼，隐藏在一片法国梧桐树中，浮现在远处山丘的尽头。很多葡萄园、连绵的河岸上的土地，无数被太阳炙烤的山坡，这让我渴望自己依然在莫拉庄园的葡萄园里干活，在收葡萄时，看着马泰奥先生的女儿拎着小篮子来到葡萄园里。莫拉庄园在一片树木后面，朝着卡内利镇方向，在"鸟巢"别墅的山坡下。

我穿过了贝尔波河，走上便桥，我一边走，一边心里琢磨，没什么比锄过地、绑好枝条、疏完叶的葡萄园更美的了，在八月太阳的炙烤下，土地发出的气味很诱人。一片精耕细作过的葡萄园，就像是一具健康的身体，一具活生生的身体，有着它的呼吸和汗水。这时我再次看看周围，一丛丛灌木和芦苇，那些小树林、河岸，想着周围村镇的名字。有些地没有用，没有种东西，但这些地方也自有它的美。每片葡萄园都有一片小树林，目光落在那些地方，知道那里有鸟巢，会让人感到愉快。我想，女人身上有某种类似的东西。

我真愚蠢，二十年来我一直在外面，这些村子在等着我。我想起了第一次走在热那亚大街上的失望，我走在路中间，寻找一点草地。的确，那里有港口，有姑娘们的面孔，有商店和银行，但在哪里可以找到一片芦苇、一片葡萄园，嗅到柴捆的气息？月亮和篝火的事我也知道，只是我意识到：我不知道自己还记得。

10

　　如果我开始琢磨这些事,就没完没了了,会勾起很多其他事,很多期望,还有过去的屈辱。很多次我以为自己已经靠岸,有了朋友和家园,甚至以为自己可以建一座花园,繁衍生息。我曾经很相信这一点,甚至告诉自己:"如果能够挣些钱,我就和一个女人结婚,会把妻儿送到村子里去生活。我希望孩子像我一样长大。"可是我没有妻子,孩子更别说了。对于一个从海滨来的家庭,他们根本不懂月亮和篝火,这个山谷有什么意义?必须在这山谷里长大,骨肉都受到山谷的滋养,就像受到葡萄酒和棒子粥的滋养一样,这时,你不用说就知道了。许多年里,你不知不觉把这些东西带在身上,马车刹车的叮当声、牛尾巴甩起来的样子、一碗汤的味道、夜里在广场上听到的声音，会让过去的一切复活。

事实是，钦多就像我小时候，他不懂这些。也许除了某些曾经离开过的人，镇子里没人知道这些事。如果我想和钦多聊天，与镇里的任何人聊天，我应该谈到外面的世界，说我的想法。或者最好不谈这些，假装若无其事，只是说我去了美国、热那亚，还有那些钱，写在脸上、装在口袋里的钱。这些大家都爱听，除了努托，要知道，他在努力理解我的想法。

我看见天使旅馆里、市场上、院子里的人。有人来找我，又称我为"莫拉庄园的人"。他们想知道我做什么生意，是不是想买下天使旅馆，买下邮车。在广场上，他们把我介绍给本堂神父，他提到一间需要修复的破败小礼拜堂。他们把我介绍给镇政府秘书，他把我拉到一旁，说如果我愿意找的话，政府里应该还有我的档案。我对他说，我已经去过亚历山德里亚，去过了医院。最知趣的人是骑士，他知道镇上的所有陈年旧事，还有法西斯时期市长的恶行。

在大路上，在那些庄园里，我感觉要自在一些，但那里的人也不相信我来到这里，只是想看到过去已经看到过的东西。我向别人解释我在寻找的东西，他们会相信吗？我只是想看看马车、干草房、一个木桶、一道栅栏、一朵菊苣花、一块蓝格子的手帕、一把喝水用的水瓢、一把锄头柄，有人会相信吗？我也喜欢看到那些面孔，和我之前见到的一样，满脸皱纹的老妪、谨慎的黄牛、穿着鲜艳衣服的姑娘，还有带有鸽楼的屋顶。对我来说过去的是季节，而不是很多年。我遇到的事，和人们说的话越是和以前一样，我越是高兴：三伏天气、集市、以前的收成，去看世界之前的事。蔬菜汤、葡萄酒、修枝刀、打谷场上堆的树干也都让我很愉悦。

我说到这里，努托说我错了，我应该摆脱这一切，因为在这些山丘上人们依然过着牲口般、非人的生活，战争什么用处都没有，除了死去的那些人，一切还和过去一样。

我们还谈到瓦利诺和他小姨子。我们说，瓦利诺现在和小姨子睡在一起，这不算什么。他能怎么办？可是在那个家里发生着一些悲惨的事。努托对我说，瓦利诺取下皮带，像抽牲口一样抽打家里的女人，从贝尔波河下面的平原上都能听到她们的叫喊，他也抽打钦多。这不是因为喝了酒，他们家没有多少酒，而是因为贫穷，是绝望的生活带来的愤怒。

我也知道了教父和他家人的结局，那是科拉家的媳妇告诉了我的——科拉家想把房子卖给我。教父带着卖了农舍的一点儿钱去了科萨诺，在几年前，教父死在了路边，他当时已经很老很老了，女婿把他遗弃了。小女儿结婚很早，差不多还是个孩子；另一个女儿安焦利娜是在一年之后结的婚。她们嫁给了住在"栎树圣母"教堂那里的两兄弟，就是树林后的一处农舍。她们在那上面和老父亲，还有几个孩子生活在一起，只有葡萄和棒子粥。她们每月下山烤一次面包，因为住得太偏远了。那两个男人干活很卖力，家里的牛和女人也很劳累。小女儿在地里被雷劈死了；另一个女儿——安焦利娜生了七个孩子，后来肋骨间长了肿瘤，躺下了，遭了三个月的罪，医生一年上山一次，她连神父也没见到就死了。两个女儿都死了，家里不再有人肯给老头一口饭吃，他在乡村和集市上到处游荡。在战争爆发的前一年，科拉好像看到过他，白色的大胡子，胡子里满是稻草。他最后也死了，是在一处农舍的打谷场上，他当时进去讨饭。

就这样，我也不用去科萨诺找我的姐妹——我养父的两个女儿，看她们是不是还记得我。我脑子里一直想着安焦利娜张着嘴躺在那里，就像那年冬天她母亲去世时的样子。

然而有一天早晨，我沿着铁路去了卡内利，那条路我在莫拉庄园干活时经常走。我从萨尔托山下经过，从"鸟巢"别墅下经过，我看到椴树荫下莫拉庄园的房子、姑娘们的露台、玻璃窗，还有柱廊下低矮的厢房,我过去就在那里生活。我听到我不熟悉的声音,就走开了。

我顺着一条长长的林荫大道进入了卡内利,这是一条新路,我马上嗅到了熟悉的味道:葡萄渣、贝尔波河的微风和苦艾酒的气味。小路还是和过去一样,窗台上摆着花,人的脸、照相馆、小楼。广场上的变化最大,有一家新咖啡馆、一个加油站,摩托车在扬起的尘土中来来往往,但那棵高大的法国梧桐还在那里,看得出来,钱一直在流转。

那天上午,我在银行和邮局里度过。一座小小的镇子,不知道周围的山丘上有多少别墅和小楼。我小时候其实没有搞错,卡内利的那些名字在世界上很重要,这里打开了一扇宽阔的窗口。我从贝尔波的桥上看着河谷,尼扎方向的那些低矮山丘,一切都没有变。只不过前一年,一个男孩坐着马车和父亲一起来这里卖葡萄,不知道对于钦多来说,卡内利是不是也是世界的大门。

但我发现一切都变了。我喜欢卡内利本身,就像喜欢眼前的河谷、山丘和河岸。我喜欢这里是因为一切都结束于此,这是山谷最后一个镇子,在这里是四季,而不是年份在更迭。卡内利的企业家可以酿造各种各样的气泡酒,开办公司,购置机器、车皮、仓库——这也是我在做的工作,这里有通往热那亚的大路,从热那亚可以去往任何地方。我以前就是从卡米内拉镇出发,走上了通往热那亚的大路,如果可以从头来过,我还是会再次走上这条路。那又能怎样呢?努托从来没有真正离开过这里,但他想要了解世界,改变现状,打破四季。也许并非如此,他一直信仰月亮,可我不相信月亮,我知道或许四季很重要,四季打造了你的血肉和骨头,你小时候在四季里吃的东西塑造了你。卡内利是整个世界——卡内利和贝尔波河谷,在那些山丘上,时间不会过去。

　　黄昏时,我沿着铁路从大路上往回走,我走过林荫路,经过"鸟巢"别墅,经过莫拉庄园。在萨尔托山腰的房子里,我看到系着围裙的努托,他脸色阴沉,一边刨木头,一边吹着口哨。

"怎么了?"

原来是有人在开垦一片荒地时,在卡米内拉山的一片地里又发现了两个死人,是社会共和国[1]的两个密探,头都打碎了,也没有鞋子。医生、法官都跟着市长跑上山去看,可是过了三年了,还能认出什么?他们应该是社会共和国分子,那些游击队员都是死在河谷里:在广场上被枪毙,在阳台上被绞死,或者被送到德国去了。

"那有什么可生气的呢?"我说,"大家都知道是怎么回事。"

可努托在深思,阴沉着脸吹着口哨。

---

[1] 纳粹德国于1943年9月在意大利北部建立的傀儡政权,存续至1945年5月。

11

几年前,我们这里已经打仗了,我在美国度过了一个难忘的夜晚。每次我沿着铁路行走,都会想起当时的情景。我那时预感到了后来发生的事:战争、监禁、没收财产,我想卖掉自己的烂摊子,搬去墨西哥。在距离墨西哥最近的边界,在弗雷斯诺城我见到了很多贫穷的墨西哥人,我知道自己该去哪里。后来我放弃了这个想法,因为战争开始了,我带的那一箱箱烈酒,墨西哥人也不知道怎么办。我任由他们抓住我,我厌倦了朝不保夕的生活,厌倦了奔波,第二天重新开始。我前年回到热那亚,重新开始。

事实上,我当时知道战争不会持续很长时间,但搞事业、工作、冒险的渴望却逐渐熄灭了。我十多年已经习惯的那种生活、那些人忽然让我害怕、愤怒。我开着小卡车在国道上跑，一直到沙漠地区，到了亚利桑那州西南部的尤马县，看到了仙人掌林。我当时很渴望看到别的风景，而不是圣华金县的河谷或通常看到的面孔。我知道战争一结束，我会不得不漂洋过海回去，我当时的生活是很糟糕，也是暂时的。

后来我也不再在南方的那条大路上停留，这个国家太大了，我无法到达任何地方。我不再是那个跟着铁路工程队，用了八个月时间到达加利福尼亚的年轻人了。许多地方意味着不是任何地方。

那个夜晚，我的小卡车在开阔的田野里抛锚了，我估算好了在天黑时到达三十七号车站，在那里过夜。天很冷，是一种干冷，田野空荡荡的，只有灰尘飞舞。说那里是田野，可能有些不准确，眼前是无边无际长满荆棘的灰色沙地，那些起伏的也不是小山丘，还有铁路的杆子。我围着发动机忙活了一阵子，但没办法，我没有备用线圈。

这时我开始害怕。整个白天，我只遇到了两辆开往海岸的汽车，没有遇到任何和我同一个方向的车子。我没在国道上，我原想穿过那个县。我对自己说："等等吧。会有人经过的。"一直到第二天，也没有任何人经过。幸好我有被子，可以把自己裹起来。"明天怎么办？"我想。

我有充分时间研究路基上的所有石子、枕木、一株干枯刺蓟上的绒毛、大路边上的凹地里的两棵仙人掌肥厚的枝干。路基的石子呈现出被火车烧过的颜色，全世界的路基石子都是这种颜色。一阵微风在大路上呼呼吹过，带来一股盐味。天冷得像冬天，太阳已经落下了，平原消失了。

我知道在这片平原的各种巢穴里，盘踞着有毒的蜥蜴和蜈蚣，这里是毒蛇的天下。四处能听到野狗的吠叫，它们并不危险。我意识到自己身处美国的最深处，在一片沙漠当中，离最近的车站有三小时车程。夜晚降临，铁路和电线杆是人类文明的唯一标志，火车要是经过就好了。有几次我靠着一根电报杆,听着电流的嗡嗡声,就像小孩子那样,这电流从北方来,通往海滨。我研究起地图来。

周围的平原成了一片灰色的大海,狗继续叫着,像公鸡打鸣一样刺破了空气,让人觉得寒冷和厌烦。幸好我带着一瓶威士忌,为了让自己平静下来,我一直抽烟。天黑了,完全黑了时,我把仪表盘打开,但不敢开前灯,要是有一列火车经过就好了。

我想到了我听说的很多事,就是这条路还没有修时,走上这条路的人的事:他们躺在一片洼地里,被发现时除了骨头和衣服,别的什么也没有了,土匪、饥渴、中暑、毒蛇都有可能要了他们的命。很难想象,曾经有这样一个时代,人们相互杀害,脚不沾地,除非永远留在那里。那条由铁路和公路构成的网子,就是人们在这里投入的所有劳动。人还有可能离开大路,在星星下,进入洼地和仙人掌丛里吗?

一只狗的喷嚏声、近处石头的滚动声都会使我心惊肉跳，我关掉仪表盘，又马上打开。为了战胜恐惧，我想起了黄昏时，我超了一辆墨西哥人的小车，那是一头骡子拉着的小车，上面装满了东西：包袱、杂物、锅子，还有上面的人。他们应该是一个迁徙去圣贝纳迪诺，或更远地方的家庭。我看见孩子细瘦的腿，骡子的蹄子拖在大路上，风吹着他们脏兮兮的白裤子，骡子向前伸着脖子，拉着车。经过他们时，我想这些可怜人可能会在一片凹地露营，那天晚上他们肯定到不了三十七号站。

我想，这些人的家在哪里呢？出生并生活在一个这样的地方，这有可能吗？然而他们会适应，他们像候鸟一样，寻找有收成的土地，过着一种永不停息的生活，半年在矿井里，半年在田野里。这些人不需要经过亚历山德里亚的医院，世界已经用饥饿、铁路，用革命和石油，把他们从家里赶了出来。他们跟在骡子后面，来来回回挣扎着。他们还算幸运，有一头骡子，有人赤着脚出发，连个女人都没有。

我从驾驶室下来,在大路上跺着脚取暖。平原一片苍茫,上面有一些模糊的影子,在夜色中,隐约能看见大路。冷风一直呼呼刮着,吹在沙地上。狗不叫了,能听到叹息,若有若无的声音。我喝了很多酒,直到平静下来。我嗅着干草和风咸咸的气味,想着弗雷斯诺的山丘。

后来火车来了,开始时像一匹马,拉着车子跑在石子路上的马,然后隐约能看到车灯。我当时希望来的是一辆汽车,或那些墨西哥人的小车。火车经过的声音响彻了平原,还冒着火花,不知道住在这里的蛇蝎会怎么想。火车的窗口照亮了站在大路上的我,照亮了汽车、仙人掌,还有一只受到惊吓、跳脱开来的小动物。火车咆哮着,席卷着周围的空气,掀起的风像耳光一样打在我脸上。我等了那么长时间,当黑暗再次笼罩着四周,沙地又发出吱吱嘎嘎的声音,我想,即使是在一片沙漠里,也不让你安宁。明天我要逃离,要躲藏起来,不让他们抓住我,我已经感觉到警察的手落在我身上,就像火车带来的冲击。这就是美国。

我回到驾驶室，用一条毯子裹住身体，想要打个瞌睡，就像在美景大街的街角上。这时我琢磨着，虽然加利福尼亚人精明能干，但那几个穿得破破烂烂的墨西哥人做的事，美国人不一定能做到。他们在这片沙漠里露营睡觉，也有女人和孩子，这片沙漠就是他们的家，也许他们可以和蛇交流。必须去墨西哥，我想，我敢说那个国家很适合我。

夜深时，一阵狗叫把我惊醒，整个平原就像一片战场，或是一个大院子。四处笼罩在微红色的光下，我浑身僵硬、疲惫地走出驾驶室。低低的云层间露出一片月亮，就像是一道刀伤，血染平原。我站在那里望了一会儿月亮，它真的让我感到害怕。

12

努托说得没有错。卡米内拉山发现的那两具尸体带来了很多麻烦。医生、收银员,以及三四个在酒吧喝苦艾酒的运动员,都在愤慨地谈论此事,他们说,有多少可怜的意大利人在尽自己的义务,却被赤色分子残忍杀害。他们在广场低声说,那些赤色分子在没有审判的情况下就枪毙人,朝人后脑勺开枪。这时一位戴眼镜的小个子女教师——她是以前法西斯书记的妹妹,也是葡萄园的主人,她叫嚣着说,她愿意亲自到河边去寻找其他尸体——所有的尸体,用锄头把他们都挖出来,希望这足以让人把某个意共党棍,那个瓦莱里奥,那个帕耶塔——卡内利镇的书记关进监狱,最好是绞死。这时有人说:"很难怪罪那些共产党,这里的帮派是独立的。""有什么要紧,"另一个人说,"你不记得那脖子系着领巾、征用被子的跛子了?""还有仓库被烧时……""什么独立,什么都有……""你记得那个德国人……"

"他们是不是独立的,这无关紧要。"别墅夫人的儿子叫喊着说,"游击队员都是杀人犯!"

"对于我来说,"医生看着我们缓缓说道,"过错不是这个或那个人,错不在于个人。当时是非法的、流血的游击战。也可能这两人确实做了密探……"他一字一句地说到富有争议的问题,"可是,是谁组织了最初的游击队?是谁想要打一场内战?是谁向德国人和其他人挑战?是共产党。一直是他们,他们该负责任,杀人凶手就是他们。这份荣耀,我们意大利人很乐意留给他们……"

这个结论让所有人都很满意。这时我说我不同意。他们问我为什么。我说,那年我还在美国。(没人说话。)我在美国坐牢。(没人说话。)我说,在美国,正是在美国,各个报纸都刊登了一份国王和巴多格里奥将军的宣言，命令意大利人进入丛林进行游击战，从背后攻击德国人和法西斯分子。（微笑。）没有人记得这事了，他们又开始讨论。

我走开了，女教师喊道："全是杂种。"又说："他们想要我们的钱，土地和钱，就像在俄国一样。谁反对，就把谁杀死。"

努托也到镇上来听大家说什么，他像一匹受惊的马。"怎么可能，"我问他，"这些小伙子中没有任何人见证了那些事，并能说出来？在热那亚，那些游击队甚至有自己的报纸……"

"这些人里没有一个。"努托说，"他们全都是解放后戴上三色领巾的人。有人在尼扎做职员……真正出生入死的人都不愿意提到那些事。"

那两位死者无法辨认，他们被放在一辆小推车上，送到老医院里，许多人去看，撇着嘴出来。"啊，"女人们在巷子口说，"所有人都会死，可这样死去就太糟糕了。"两个人身材都不高，其中一个脖子上戴着一块圣雅纳略像，初审法官总结说他们是南方人,宣布他们为"无名氏",并结束调查。

本堂神父并没有偃旗息鼓,他立即召集市长、宪兵队队长、族长委员会和高级修女,兴风作浪。骑士告诉了我这个消息,因为本堂神父得罪了他,在没有通知他的情况下就摘掉了教堂凳子上的铜铭牌。"那是过去我母亲跪的凳子,"他对我说,"我母亲对教会的贡献比十个像他这种乡下佬都要多……"

对于游击队员,骑士没有做评判。"都是些孩子,"他说,"都是些正好遇上战争的小伙子……我想到那么多小伙子……"

总之,本堂神父想要扩大自己的势力,他还没忘记给游击队员立碑的揭幕典礼。那是为了纪念在"黑房子"前被绞死的游击队员,典礼于两年前举行,他没有受邀,是由一名特地从阿斯蒂市来的社会党议员主持。在教区会议上,本堂神父发泄了怒火,所有人都发泄了自己的情绪,并达成一致。现在鉴于事情过去了好长时间,无法起诉任何之前的游击队员，镇子里也不再有颠覆分子了，他们决定进行一场政治斗争，让阿尔巴人都能听到。他们要搞一场庄严的圣礼，郑重埋葬两个受害者，进行祈祷，弥补他们，集会强烈谴责赤色分子，并动员所有人参加。

"我不会为当下这些事感到高兴，"骑士说，"法国人说战争是'肮脏的事情'。可是这个神父在利用死去的人，如果他有母亲，他也会利用起来……"

我经过努托家，告诉他我听到的话。他挠了挠耳朵后面，看看脚下，咀嚼着这些苦涩的话。"我早就知道，"他说，"他已经利用吉卜赛人搞过一次……"

"吉卜赛人？"

他告诉我说，在一九四五年打仗的那些日子里，一帮小伙子抓了两个吉卜赛人。因为那几个月，那两个吉卜赛人明来暗去，打探消息，给游击队的小分队做记号。"你知道当时的情况，队伍里什么人都有，有意大利四处的人，有外国人，也有愚昧无知的人。这地方从来没那么乱过。就这样，他们没有把那两个吉卜赛人送到司令部去，而是抓住他们，把他们放到一口井里，让他们交代去了军营多少次。其中有个人嗓子好，他们说，想要活命就要不停唱歌。那人被捆着，坐在井栏上玩命地唱，用了所有力气。那人唱歌时，每人挨了一锄头，把他俩放倒了……我们两年前把他们从地下挖了出来，神父马上就在教堂里做了祈祷……而就我所知，'黑房子'前绞死的那些人，他从来就没为他们做过祈祷。"

"如果我在你们的位子，"我对他说，"我就会去请求他为绞死的人做一次弥撒。如果他拒绝，那就让他在全镇人面前下不来台。"

努托冷笑了一次，并不愉快。"他会接受的，"他对我说，"而且会让我们归于他麾下。"

星期天举行了葬礼，政府要人、宪兵、蒙着面纱的女人、虔诚的信女，那妖僧还让"鞭挞派"的人也来了,穿着黄色的上衣,简直是盛况。到处都是鲜花,女教师——葡萄园的主人——让女童到处去采花,洗劫了所有花园。本堂神父盛装出席,戴着闪亮的金边眼镜,在教堂的台阶上讲话,尽是些不着边际的话。他说,这是一个邪恶的时代,灵魂遭遇风险,流了太多的血,年轻人还在听着太多仇恨的语言,祖国、家庭、宗教一直在受到威胁。红色——殉教者的美丽颜色已经变成了反基督的标志,在它的名义下,已经犯下并正在犯下很多罪行。我们需要忏悔,洗涤罪行,进行补偿,给这两位不知名的年轻人举行一场基督教葬礼,他们遭到残杀,被消灭。上帝知道,没有圣礼的安慰,为他们祈祷、补偿,人心就会产生隔膜。他还说了一句拉丁语,让那些没有祖国、不信上帝、暴戾的人看看,大家不应该觉得,敌人已经被打败,在意大利太多的市镇里,敌人还在炫耀着红旗……

这些话并没有让我不舒服。在太阳下,在教堂的台阶上,我已经有多久没有听到一个神父发表自己的见解了。想想小时候,维尔吉利亚带我们去做弥撒时,我以为神父的声音像雷声,像天空、四季,会对田地、收成,对活人和死人的救赎有益,现在我却发现,死者对神父有益。不需要变老,也不需要认识这个世界。

不喜欢这些话的人是努托。在广场上,一个同伙对他挤了挤眼睛,小声对他说了句话,努托跺跺脚,很受罪。只要是死人,不管是黑衫党,还是正常死去的人,人死都不能复生,没办法了。在死人面前,神父总是对的。我知道这一点,他也知道。

13

镇子里大家都在谈这件事。那个本堂神父很能干，他趁热打铁，第二天就为那些可怜的死者做了一场弥撒，也告诫仍然处在危险中的活人，以及将要出生的人。他告诫不要加入极端党派，不要读反基督的、淫秽的书报，没事不要去卡内利，不要流连于酒馆，还告诫姑娘们要穿长一点的裙子。现在听镇子上的妇女和店主的谈话，好像那些山丘到处都在流血，像压榨机下的葡萄汁一样，所有人都被抢劫了，房子被烧了，女人都被弄大了肚子。法西斯时期的镇长，在天使旅馆的小桌子前明确地说，以前就不会发生这些事。这时一个卡车司机——一个卡洛索来的人，面露凶相站出来质问他，以前合作社的硫黄最后去了哪里。

我去找努托，发现他在量几块木板，阴沉着脸。妻子在家里给孩子喂奶，她从窗口对他喊："生什么气啊？真愚蠢，从来也没人靠政治得到过什么。"在从镇子到萨尔托山这段大路，我一路上一直在思考这些问题，却没有理出头绪，想好怎么对努托说。这时努托看了看我，忽然扔了尺子，问我还待在这里干什么，怎么还没有受够这些破村子。

"你们当时就应该干起来的，"我对他说，"聪明人才不会招惹马蜂。"

他向窗里喊了一句："科米娜，我出去一下。"他拿起外衣，对我说："你想喝酒吗？"我等他向在棚子下的几个学徒交代完，最后他才转身对我："太烦了，我们出去走走。"

我们顺着萨尔托山向上爬，一开始他什么也没有说，或者只是说一句："今年葡萄长得好。"我们经过河岸上他家的葡萄园。我们没有走大路，而是走上了田间小径，路很陡，要沿着山坡斜着走才能上去。在一行葡萄树的拐弯处我们遇到贝尔塔，再也不离开田地的老贝尔塔。我停下来想和他聊几句,想让他知道我是谁。我无法相信我会和他重逢,他虽然老得掉牙了,但还活着。可努托径直走过去,只是说:"我们走吧。"贝尔塔一定不认得我了。

一直到这里,到斯皮里塔家的院子,我之前上来过。我们以前十一月到这里来偷他家的枇杷。我开始看山下干干的葡萄园、悬崖、萨尔托山坡上的红屋顶、贝尔波河和树林。努托现在放慢了步子,但我们还憋着一股气,坚持向上走。

"糟糕的是,"努托说,"我们愚昧无知,整个镇子都在那个神父手中。"

"你想要说什么?为什么不回应他?"

"你想要我在教堂里回应他?在这个镇子里,只能在教堂里说话,在别的地方,人们不相信你……淫秽、反基督的书报,神父说的什么话?这里的人连年历都不看。"

"必须从镇子走出去,"我对他说,"听听别处的钟声,透透气。在卡内利不一样,你已经听到了,连他都说卡内利是地狱。"

"根本不够。"

"可以从那里开始,卡内利是世界的大门,过了卡内利,到了尼扎,尼扎之后是亚历山德里亚。你们单靠自己,永远都做不成什么。"

努托发出一声叹息,停住了脚步。我也停下了,看着下面的山谷。

"如果你想要改变有些事,"我说,"就应该和世界保持接触。你们不是有一些为你们活动的党派议员,有专门的人吗?你们要说话,你们要找到这些人。在美国,人们就是这么做的,党派的力量源于许多像这样的小镇子。神父从来不是单打独斗,他们在背后有一个由很多神父组成的联盟……为什么那个曾经在'黑房子'前讲过话的议员不回这里来了?"

我们在一个芦苇丛下坐了下来,坐在有些坚硬的草地上,努托向我解释了为什么那个议员不回来了。从解放的那天开始,就是大家期盼的四月二十五号，情况就越来越糟糕了。在那几天，确实发生了一些改变。如果佃农和镇子里的穷人没有去世界上看看，在打仗的那年，世界跑来唤醒他们。那时这里什么人都有：南方人、托斯卡纳人、城里人、学生、撤离者、工人。"德国人，甚至法西斯分子也发挥了他们的作用，让那些最愚昧的人都睁开了眼睛，迫使所有人表达自己的立场：我在这边，你在那边；你是为了剥削农民，我是为了让农民也有一个未来。而那些抗拒、逃脱的人，已经让那些有钱人的政府看到，光有打仗的意愿是不够的。当然，在那场混战里，也有人作了恶，有人滥杀无辜，毫无理由地抢劫，但这种情况也没那么多。"努托说，"总是比以前的强权者抛弃或者害死的人少。"后来呢，事情怎么样了呢？人们不再保持警觉，大家开始相信盟军，人们比过去更相信那些强权者，冰雹过后，这些人就好像从地窖、别墅、教区，从修道院里忽然钻出来了。"而我们还是老样子，"努托说，"神父如果还能敲钟，那应该感谢游击队员，因为是他们保住了那些钟，但他却为社会共和国，还有那两个密探辩护。即使他们是被无辜枪毙的，那也轮不到他在公开场合诬蔑那些游击队员，为了保卫镇子，他们很多人都英勇就义了。"

他说这些话时，我看着对面的卡米内拉山。在这个高度上，它好像更庞大了，像一颗星球一样，从这里能看到那些平地、小树林、小道，是我之前从来没有看到过的。我想，有一天我要上去看看，这也是世界的一部分。我问努托："那上面以前有游击队吗？"

"游击队到处都有，"他说，"他们就像野兽一样被追捕，到处都有死人。有一天我听到他们在桥上开枪，第二天就跑到博尔米达河那里了。游击队从来都没有安宁的时候，从来没有一处藏身之所是安全的……到处都是密探……"

"你当过游击队员吗？参加过游击战吗？"

努托克制住自己的情绪，摇了摇头。"所有人都做了点事，但太少……风险很大，密探让人去烧你的房子……"

我在山上面审视着贝尔波河的平原,那些椴树、树下莫拉庄园的院子、那片田野,一切都看起来很小、很奇怪。我从来没有从上面看过那片地,看起来简直太小了。

"前一天我从莫拉庄园门口经过,"我说,"栅栏前的那棵松树没有了……"

"会计师,也就是尼科莱托让人把它砍了。那个愚蠢的家伙……他让人砍了树,是因为乞丐会在树荫下停留、讨饭。知道了吧?对他来说,一半家产被他吞掉还不够。他甚至不愿意穷人停在树荫下,找他要饭……"

"可是怎么会走到这一步的?以前都是有大马车的人。如果老头在,就不会发生这种事……"

努托什么也不说,拔着手边一簇簇的干草。

"家里也不是只有尼科莱托,"我说,"几个姑娘呢?我想到这事还很激动。她俩都喜欢玩乐,西尔维娅没脑子,和所有人鬼混。可是老头还活着时，什么事都能给纠正过来……至少继母应该还活着……而那个小女儿——桑妲后来去哪里了？"

努托还在想着神父和那些密探，他又一次撇了撇嘴，咽了一口唾沫。

"她以前在卡内利，"他说，"她受不了尼科莱托。所有人都知道她和黑色旅混在一起，让他们很愉快。最后有一天她消失了。"

"可能吗？"我说，"可她做了什么？桑妲，桑妲？想想六岁就那么漂亮……"

"你没有看到她二十岁的样子，"努托说，"另外两个姑娘都不算什么了。家里把她宠坏了，马泰奥先生眼里只有她……伊蕾妮和西尔维娅不愿和继母一起出门，不愿丢脸，你记得吧？而桑妲比她们俩都美，加上她妈妈。"

"可是她怎么消失了？不知道她做了什么？"

努托说："知道，做婊子。"

"这有什么？"

"她当婊子，也当密探。"

"人们把她杀了?"

"我们回家吧,"努托说,"我本来想散散心的,可是跟你在一起也不行。"

14

 这像是命中注定。有几次我在想这是为什么，之前那么多人现在只剩下努托和我，只有我们现在还活着。我想起曾经身体里涌动的渴望（一天早晨，在圣迭戈的一家酒吧里，我简直想疯了），我渴望走到那条大路上，推开松树间、椴树拱廊下的栅栏门，听到里面的说话声、笑声、母鸡叫声，我进去，对着那些人惊异的脸说："我回来了。"那些仆人、女佣、狗，还有老头，姑娘们黄色和黑色的眼睛，会从露台那里认出我来。这种渴望再也无法克制时，我回来了，突然冒出来了。我赚到了钱，住在天使旅馆，与骑士谈话，但那些脸、声音，那些本应该抚摸我、认出我的手已经没有了，很久之前就已经没有了。剩下来的东西就像是集市第二天的广场，收了葡萄之后的葡萄园,人们离开之后,你独自回到的酒馆。努托——唯一留下来的人也变了,已经成为像我一样的成年男人。简单说吧,即使莫拉庄园没有变,就像我在第一个冬天看到的那样,我也长大成人,变成了另一个人。后来是夏天,一轮寒暑交替,日日夜夜,我在那里度过了很多年,也许会感觉无聊。我从太远的地方回来,不再属于那个庄园,我不再像钦多一样,世界已经改变了我。

夏天的晚上,我们坐在松树下,或是院子里的横木上守夜,行人会在栅栏门前停下来,女人在笑,有人从马厩里走出来。谈话总是这样结束,那些老人、兰佐内管家、赛拉菲娜,有时是马泰奥先生——如果他下楼来的话,他们会说:"是呀,你们这些小伙子、姑娘们……你们想着长大……我们的爷爷奶奶也这么说……你们看吧,也有轮到你们的那天。"那个时候,我还不是很懂长大是什么意思,我以为只是做些很难的事,比如买两头牛,算葡萄的价钱,操作脱粒机。我当时不知道,长大的意思就是离开，变老，看见人们死去，回来看到莫拉庄园和之前一样。我当时心里想的是：如果不去卡内利，如果不赢得旗子，如果不为自己买座农场，如果赶不上努托，我就吞下一条狗。我想到了马泰奥先生的马车，还有他的女儿，想到了露台、客厅的钢琴。我想到酒罐，还有谷仓，想到圣罗科节，我当时是个正在长大的男孩。

有一年下了冰雹，之后教父不得不卖掉小农舍，去科萨诺当仆人。有几次他夏天让我白天去莫拉庄园做短工。我当时只有十三岁，已经会干一些活儿，挣一些钱回家了。我早晨穿过贝尔波河，有一次朱莉娅也来了，我们和男女仆人、奇里诺、赛拉菲娜一起帮着收核桃、玉米，摘葡萄，照看牲畜。我喜欢那个大院子，在萨尔托山丘下，院子里有很多人，没人叫你，而且还靠近大路。这么多新面孔、马车、马匹，还有带有小帘子的窗户。这是我第一次看见花，真正的花，就像教堂里的花。在椴树下，栅栏门的地方有个花园，种满了百日草、百合、香车叶草、大丽花。我懂得了花是和果木一样的植物，它们开花而不是结果，太太小姐们用得着。她们撑着太阳伞出门，在家里时，会把花插在花瓶里。伊蕾妮和西尔维娅当时十八二十岁，我有几次隐约看见过她们，还有桑妲，刚刚出生的同父异母的妹妹，埃米莉亚每次听到她在楼上哭叫，都跑上去安抚她。晚上在卡米内拉山的小农舍里，我向安焦利娜、教父——如果朱莉娅没有去莫拉庄园，我会对他们讲一天的见闻。教父说："那个庄园主人可以把我们全都买下来，兰佐内跟了他，算跟对人了，马泰奥先生永远也不会死在大路上。你可以跟兰佐内说。""甚至把我们的葡萄园打个精光的冰雹，都没有落在贝尔波河的那边，河边那片平地和萨尔托山丘上的田产，就像牛背一样闪闪发光。""我们完了。"教父说，"我该怎么还合作社的钱？"他已经很老了，害怕没有房子，也没有地的生活。"你把地卖了吧。"安焦利娜咬着牙对他说，"我们总能找到去处。""如果你妈妈在就好了。"教父低声抱怨说。我明白，那个秋天是最后一个秋天，当我走在葡萄园里，或者走在河岸上时，我总会担心有人会叫住我，会有人过来赶我走。我知道自己什么都不是。

后来本堂神父介入了，是当时那个拳头很硬的老神父。他为别人买下了教父的房子和地，他去和合作社的人说，还去了科萨诺安置好了教父和两个姑娘，他也安置了我。当小推车来取柜子和那些草垫时，我去羊圈里解山羊，羊已经没有了，他们把它也卖了。在我为山羊哭时，神父到了，他撑着一把灰色的伞，鞋子上沾满烂泥，没有正眼看我。教父在院子里转悠，揪自己的胡须。"你，"这时神父对我说，"不要像个小女人似的，这家对你算是什么？你还年轻，以后的日子还长。你要想想长大了怎么回报这些人的养育之恩。"

我已经知道了所有事，就因为知道，我才一直在哭。因为神父在那里，两个姑娘在家里没有出来。"你教父要去的那家庄园，"神父说，"你的姐妹已经太多了。我们已经为你找到了一个像样的家。感谢我吧,他们会给你活干的。"

就这样,在第一阵寒流到来时我进了莫拉庄园。最后一次走过贝尔波河时我没有回头。我过了河,肩上挂着木屐、我的小包袱,还有包在一块手帕里的四个蘑菇,那是安焦利娜送给赛拉菲娜的,是我和朱莉娅是在卡米内拉山上找到的。

接待我的人是莫拉庄园的仆人奇里诺,这是管家和赛拉菲娜安排的。他马上让我看了马厩,这里有公牛母牛,在一道横木后面是拉车的马,在棚子下停着刚上过漆的两轮马车,墙上挂着许多马具,还有带着结的鞭子。他说,前几天夜里我先睡在干草上,后面会为我在他睡觉的谷仓里放个草垫子。这个房间,还有放压榨机的大房间和厨房,地上不是夯土,而是水泥。厨房里有个橱柜,里面放了很多玻璃器皿,还有杯子,在壁炉上方是亮闪闪的红色花饰。埃米莉亚对我说,如果我敢碰那些画纸,那可有我好看的。赛拉菲娜看看我的衣服,问我还能长多少,她让埃米莉亚给我找件冬天穿的外套。我到了那里干的第一个活就是砍了一捆柴,磨了咖啡。

埃米莉亚是第一个说我像鳗鱼的人。那个晚上,我们吃饭时天已经黑了,屋里点着一盏煤油灯,所有人都在厨房里——两个女仆、奇里诺。管家兰佐内对我说,在饭桌上害羞一点是对的,但干活要爽快。他们问我有关维尔吉利亚、安焦利娜,还有科萨诺的情况。然后,有人在楼上喊埃米莉亚,管家去了马厩,我单独和奇里诺待在放满面包、奶酪、葡萄酒的桌子前。这时我胆子大了起来,开始吃东西,奇里诺告诉我,在莫拉庄园所有人都能吃饱。

冬天就这样来了,下了许多雪,贝尔波河结了冰。在厨房或在马厩里待着会很暖和,唯一要做的就是把院子里、栅栏前的雪铲掉,取一捆柴,或者为奇里诺浸泡柳树枝,我会打水,与男孩们一起玩弹球。圣诞节、元旦、主显节来了。烤栗子,灌葡萄酒,我们吃了两次火鸡,一次鹅。马泰奥先生让人套上双轮马车,带太太小姐们去卡内利,有一次他们带回家一些牛轧糖,给了埃米莉亚一点。星期天我和萨尔托山的那些男孩,和女人们一起到镇子里做弥撒,顺便带面包去烤。卡米内拉的山丘很荒凉,覆着白雪,我透过贝尔波河岸上干枯的树枝看着它。

15

我不知道我会不会买块地,同科拉家的女儿谈谈。我觉得我不会,我现在的日子充斥着电话、货运,在城里石砌的路面上行走。但在我回国之前,有很多次,我从一家酒吧出来,登上一列火车,晚上回到家里,在空气中嗅着季节变化的气息,会想起剪枝、收割、喷药、洗酒桶或剥芦苇的时候到了。

在卡米内拉山生活时,我什么也不是,在莫拉庄园我学会了一门手艺。在这里,再也没有任何人提起市政府给我的那五里拉,第二年,我已经再也不想科萨诺了,我已经是"鳗鱼"了,我自己挣面包。一开始并不容易,莫拉庄园的土地从贝尔波河畔的平原向山上延伸,一直到半山腰,而我习惯了卡米内拉山上的葡萄园——教父一个人就能应付，面对这么多牲畜、庄稼和面孔，我常常有些迷糊。我以前从来没见过那么多长工在地里干活，装那么多车的小麦、玉米，收那么多的葡萄，单是大路下面种的蚕豆和鹰嘴豆，也是论袋收的。我们这些仆人，加上主人一起有十多个人要吃饭。我们卖葡萄、小麦和核桃，卖地里的各种收成，管家还能存到钱，马泰奥先生养着马，两个女儿弹钢琴，出入卡内利镇子上的那些裁缝店，埃米莉亚侍候他们吃饭。

奇里诺教我怎么经管那些牛，圈里一有牛粪，就要换垫在地上的草。"兰佐内希望那些牛像新娘一样漂亮。"他对我说。他教我怎么给牛洗刷、饮水，给它们喂适量的干草。到圣罗科节，把牛送到集市，管家靠它们挣到钱。在春天，我们往地里撒粪施肥时，我拉着冒着热气的小车。赶上好时节，我们要在天亮之前出门到地里去干活，就要在星光下，在天还黑着时把牲口套好。那时我有一件外套，可以盖住膝盖，穿上很暖和。太阳出来时，赛拉菲娜或者埃米莉亚会来给我们送喝的新酒，或是我们回家一趟。我们吃早饭，管家会安排一天要干的活儿，楼上的主人也开始起身了，大路上已经有人经过，八点钟能听到最早的火车汽笛声。白天我都在割草，晾晒麦秆，打水，准备给葡萄喷的药，给菜园浇水。有短工来干活的日子，管家会派我盯着他们，让他们锄地，把硫黄和杀菌剂喷在叶子下面，不要在葡萄园尽头闲聊，偷懒。那些短工对我说，我跟他们是一样的人，让他们安生抽根烟。"你看仔细了，要学会怎么干。"奇里诺对我说，他在手上唾一口，举起锄头，"明年，你也要开始干这些活儿了。"

那时我还没有真正干活，女人们在院子里喊我，派我做这做那。当她们在厨房里和面、生火时，也让我待在那里，我就在听她们说话，看着来来往往的人。奇里诺和我一样也是仆人，他觉得我只是个孩子，就交给我一些任务，让那些女人监督我。他不大愿意和那些女人在一起，他比较老了，没有家人。星期天他抽着托斯卡纳雪茄,告诉我,他不愿意到镇子里去,宁可在栅栏门后听过路人说话。有时我会溜出去,从大路上走到萨尔托山的房子,到努托父亲的木匠铺子里逛,那里和现在一样,也有很多刨花,还有天竺葵。那里人来人往,去卡内利镇子上或是回来的人,都要停下来说几句自己的见闻。木匠在用刨子、凿子或锯子干活,一边和来的人聊天,谈到卡内利镇,谈到过去、政治、音乐和疯子,也谈到世界。有些时候我出来办事,能够停下来听听。我一边和别的孩子玩,一边专注听着那些谈话,就好像大人们是说给我听的。努托的父亲会读报纸。在努托的家里,人们也说马泰奥先生的好话。他们说,他在非洲当兵时,所有人都以为他死了:教会、未婚妻、他母亲,还有家里的狗都以为他死了,狗日日夜夜在院子里叫。有一天晚上,卡内利的火车从树林后面经过,狗疯狂地叫了起来,母亲马上就明白,马泰奥坐在火车上回来了。这都是些陈年旧事了。莫拉庄园那时只有简陋的农舍,几个女儿还没有出生，马泰奥先生一直待在卡内利，乘着双轮大车到处转，总是在打猎。他游手好闲，但平易近人，他一边吃着饭，谈笑中就把生意做了。即使是现在，早晨他吃一块甜椒酿肉，在楼上喝杯好酒。他妻子已经去世很长时间了，那女人为他生了两个女儿，不久之前，他与现在这个刚进门的女人又生了个女儿。尽管已经上了年纪，但他还是爱开玩笑，掌管着家里的事。

马泰奥先生从来没种过地，是一个真正的公子哥，但也没怎么上过学或旅行过。除了那次去非洲，他从来没有去过比阿奎伊更远的地方。他曾经很好女人——奇里诺也这么说，就像他祖父和父亲很爱财，把几个农场合到一起。他们家的血脉就是这样，由土地和具体的欲望构成，特别爱丰裕，有人喜爱葡萄酒、小麦、肉，有人喜爱女人和钱。他祖父在的时候，还会锄地种地，到几个儿子手里就已经变了，他们更爱享乐。但即使是现在，马泰奥先生只看一眼，就能说出一块葡萄园能产出多少葡萄，一块地能打多少袋粮食，一片草场需要多少肥料。管家把账带给他时，他们关在上面的房间里算账，给他们送咖啡的埃米莉亚对我们说，马泰奥先生已经把那些账背下来了，他记得住多少车、多少篮收成，甚至前一年没干活的一天。

玻璃门后，那道通向楼上的楼梯，我有很长一段时间没有上去过，我太害怕了。埃米莉亚上上下下，她能命令我干活，因为她是管家的侄女。楼上有人来时，她系着围裙端茶倒水，有时埃米莉亚从窗子，从露台上喊我，要我上去帮忙，给她拿什么东西。我尽量藏在拱廊下。有一次，我要拎着一个桶上去，我把它放在楼梯平台的砖上，转身跑开了。我记得那天早上，露台的屋檐上有什么东西要修葺，他们喊我为那个修理的人扶住梯子。我走过楼梯平台，穿过两个幽暗的房间，里面满是家具、日历、鲜花，一切都轻盈铮亮，就像是镜子，我赤脚走在红色的砖上，太太走了出来，她黑头发，脖子上挂着圣牌，手臂上搭着床单，看了一眼我的脚。

埃米莉亚在楼台上喊道:"鳗鱼,上来,鳗鱼。"

"埃米莉亚喊我。"我结结巴巴地说。

"去吧,去吧!"她说。"快去吧。"

在露台上,她们把洗过的床单晾起来,有太阳,朝卡内利镇方向看,远处是"鸟巢"的小楼。金发的伊蕾妮也在上面,她倚着露台的栏杆,肩上盖着一条毛巾,让人为她擦干头发。埃米莉亚扶着梯子,对我喊道:"上来,快过来。"

伊蕾妮说了句什么,大家都笑了。扶着梯子的那段时间里,我看着墙和水泥地,为了分散注意力,我想着我们躲在芦苇丛中,男孩子之间说的那些话。

16

从莫拉庄园这边,比从河对面更容易下到贝尔波河,因为卡米内拉山上的路在荆棘和金合欢之间,和水面落差较大。而这边河岸是沙地,有柳树和矮矮的芦苇丛,还有一片片树林,一直延伸到莫拉庄园的耕地边上。在三伏天炎热的日子里,奇里诺派我去剪枝或剪柳条时,我会把小伙伴召集在一起,在河岸边会合:有人带着破篮子,有人带着口袋,我们光着身子捉鱼、玩水。我们在阳光下,炽热的沙滩上跑着,就是在这时候,我会炫耀我的外号"鳗鱼"。也就是那时,尼科莱托出于嫉妒,说要去告我们的密,骂我是杂种。尼科莱托是太太的一个姨妈的儿子,冬天住在阿尔巴城。我们会互相扔石头,但我必须很小心,不能打伤他,这样晚上回到莫拉庄园,他就不会有青肿的地方给人看。后来有几次,在地里干活的管家,或者是家里的女人干活时看见我们了,我不得不光着身子跑着躲起来,一边提上裤子一边钻进地里,这时被管家打一巴掌,骂几句在所难免。

但这一切与钦多现在的生活相比,都不算什么了。他父亲把他盯得死死的,从葡萄园里监视着他,家里的两个女人不停地叫他,骂他,不希望他在皮奥拉家停留,而是要他割草回家,带着玉米棒子、兔子皮、柴火回家。家里什么都缺,他们没有面包吃,只能喝稀汤,吃棒子粥和鹰嘴豆,但鹰嘴豆很少。我知道这是什么感觉,知道在一天中最热的时候在地里锄地,又渴又饿,给葡萄叶喷药是什么滋味。我知道,小农舍的葡萄园当年对于我们来说也不够生活,当时还不用把收成分给别人。

瓦利诺和谁都不说话,他锄地、剪枝、绑葡萄枝、吐痰、修补东西。他会用脚踢牛的脸,吃棒子粥,抬起眼睛看着院子里,用目光指挥别人。两个女人跑前跑后,钦多也逃走了。然后是晚上睡觉时,钦多在河岸上吃着他的晚饭,瓦利诺抓住他,抓住女人,抓住任何碰到他手里的人,在门口、在干草仓的梯子上,用皮带抽打他们。

我从努托那里听来的几句话,我在大路上遇到钦多,和他说话时,他总是很专注,很紧张,这足以让我明白卡米内拉现在是什么日子。还有狗,他们把狗拴起来,不给它吃的,狗在夜里听到刺猬、蝙蝠和貂的动静,像疯了一样跳跃着,想要捉住它们。它不停地吠叫,对着月亮叫,月亮在它看来像是棒子粥,这时瓦利诺从床上下来,用皮带抽,用脚踢狗。

一天,我让努托去一趟卡米内拉山,看看那个木桶。他根本不愿意去,他说:"我已经知道,如果要我说的话,我会说他是个可怜虫,过着牲畜的生活。我能对他说这话吗?有什么用吗……首先政府应该烧掉钱,还有所有有钱人……"

在路上,我问他是不是真的觉得,贫穷使人

变得像牲畜一样。"难道你没在报纸上读到过那些百万富翁的新闻,他们吸毒,开枪自杀?有些恶习是要花钱的。"

他回答我说,就是这样,是钱,就是钱的问题。有钱或没有钱,只要金钱存在,任何人都不会得救。

我们到了小农舍时,瓦利诺的小姨子罗西娜,就是那个长着小胡子的女人,她出来说瓦利诺在井边。这一次他没有让我们久等,很快回来了,对那女人说:"让狗别叫了。"他一刻也没让我们在院子里停留,他对努托说,"你要看看那个酒桶吗?"

我知道木桶在哪里,知道那矮矮的拱顶、破砖和蜘蛛网。我说:"我在屋里等一下。"我的脚终于踩在了那个台阶上。

我还没来得及看看周围,就听到哼哼唧唧的声音,小声地呻吟和喊叫,就像是从一个很疲惫、无法抬高嗓门的喉咙里出来的。外面,狗在挣扎吠叫,我听到它在狂叫，一声沉闷的重击，狗尖叫了几声，狗又挨打了。

我这时看到，那老太婆坐在靠墙的床垫上，身子侧卧着，胡乱穿着衬衣，黑色的双脚伸在外面，她看着房间，看着门发出呻吟。床垫到处都破了，里面的树叶都露出来了。那老女人很瘦小，脸就像拳头那么大，就像女人哼着曲子，哄着在摇篮里握着拳头低声嘟噜的婴儿。房间里空气不流通，有一种日积月累的尿骚味，有醋的气味。我感觉她白天夜里都在呻吟，已经意识不到自己在呻吟。她眼睛朝门口看着我们，呻吟的声音没有变，也没说任何话。

我听到罗西娜在我身后，便向前走了一步。我用眼睛询问她："她要死了，什么病？"可那女人没有回应我，却说："如果您想坐一下的话。"她伸手去拿一把木椅子，放在我面前。

那老女人像只断了翅膀的麻雀一样呻吟着。我看着眼前小小的房间，它已经变了，只有小窗子、飞舞的苍蝇,还有烟囱石头上的裂缝和之前一样。在一只靠墙放着的箱子上,放着一个南瓜、两个杯子和一串大蒜。

我几乎是马上就走了出去,那个小姨子像狗一样跟在我后面。在无花果树下,我问她那老太太是什么病。她回答说,她老了,自言自语,念《玫瑰经》。

"可能吗?她不是在喊疼吗?"

"在她这年龄,"那女人说,"到处都疼。无论说什么都是抱怨。"她斜着眼看着我。"这会降临到我们所有人身上。"她说。

她来到草地边开始叫喊:"钦多,钦多。"就像有人要杀她,好像她也在哭。钦多没有来。

出来的是努托,还有钦多的父亲,他们从牲口厩里出来。"牛养得不错。"努托说,"这草料够它吃吗?"

"你疯了吗,"瓦利诺说,"这是女主人的事。"

"事情就是这样,"努托说,"主人为牲畜提供草料，而不管种地的人死活。"

瓦利诺在等着。"我们走吧。"努托说，"我们有急事儿。我尽快让人给你们送那种胶来。"

我们一边走下小路，努托小声对我说，有人甚至会喝瓦利诺一杯。"日子都过成那样了！"他愤怒地说。

我们都沉默了，我想着那老女人。在芦苇丛背后，钦多带着一包草走了出来，他一瘸一拐朝着我们走来。努托说我真有勇气，让钦多对外面的世界充满了向往。

"什么向往？随便什么生活，对于他来说都会更好……"

每次我遇到钦多，都想送给他几个里拉，但后来我忍住了。就是给了，他也不会享受到，他能做什么呢？但这一次我们站住了，努托对他说："找到蝰蛇了吗？"

钦多嬉笑了一下说："如果找到了，我就割了它的头。"

"如果不去招惹它，蜂蛇也不会咬你。"努托说。

这时我想起了我小时候的事，就对钦多说："如果你星期天到天使旅馆来，我送给你一把漂亮的小刀，带扣钩的。"

"真的？"钦多说，眼睛睁得很大。

"我说的是真的。你从来没有去萨尔托山找过努托？你会喜欢那里的，有桌子、刨子、螺丝刀……如果你父亲许可，我让人教你一门手艺。"

钦多耸了耸肩膀。"我父亲，"他小声嘟哝着，"我不会告诉他这些……"

他走开后，努托说："我什么事儿都能理解，但一个残疾孩子来到世上，我就搞不懂……来做什么？"

17

努托说,他记得第一次在莫拉庄园看见我时的情景,当时大家在杀猪,女人们都逃走了,除了刚会走路的桑妲,她正好在最精彩时走到了跟前,猪脖子正往外喷血。"你们快把孩子带走。"管家喊道,我和努托追上去抓住了她,还被踢了好几脚。但如果桑妲那时已经学会了走路,还会跑,那就意味着我在莫拉庄园已经有一年多了,我们之前就见过。我记得我们第一次见面时我还没去莫拉庄园,应是大冰雹前的那个秋天,是在剥玉米时。在黑乎乎的院子里,有很多人:仆人、小孩、女人、附近的农民。有人唱歌,有人笑,大家坐在长长的玉米堆上,都在剥玉米叶,周围是干苞谷叶子散发的太阳和灰尘的气息。我们把黄灿灿的玉米棒子朝柱廊下面扔过去。那个晚上有努托,当奇里诺和赛拉菲娜带着杯子给大家倒酒喝,他也像大人一样在喝酒。他当时应该有十五岁,但对我来说已经是个男人了。所有人都在说话,讲故事,小伙子逗姑娘们笑。努托带着吉他,他没有剥玉米,而是在弹吉他。他那时就弹得很好了,最后所有人都跳了舞,都说:"努托太棒了。"

但这样的夜晚每年都有,也许努托是对的,我们第一次见面是在另一个场合。在萨尔托山腰上的家里,他已经和他父亲一起做木匠活了。我看见他在工作台前,但没有系围裙,他待在工作台前的时间不多。他总是时刻准备溜走,要知道和他在一起出去,不只是玩一些小孩的游戏,总是机不可失。每次都会发生些什么,会遇到某个人,听到有意思的话,发现一个特别的鸟巢、一只从来没见过的动物,到一个新地方,总之有所收获,有可以讲的事。然而,我喜欢努托是因为我们总是心心相通,他拿我当朋友。他在那时眼睛已经像猫一样,瞳孔很大,他说完一件事之后总会补充一句:"如果我说错了,请纠正我。"就这样,我开始明白,人们说话并不是仅仅为了说话,说"我做了这""我做了那""我吃了喝了什么",而是为了表达一种想法,为了理解这个世界是怎么运转的。我以前从来没有这样想过,而努托早就知道,他就像个大人。夏天的晚上,有时他会在松树下守夜——伊蕾妮和西尔维娅在露台上,夫人也在上面。他和所有人开玩笑,模仿那些可笑的人,讲其他庄园发生的事,也会聊到一些或愚笨或狡猾的人,说到一些乐手,还有与神父的协议。他说起话来就像他父亲。马泰奥先生对他说:"我倒要看看你去当兵时会怎么样,在部队里,他们不会让你胡思乱想,会把你脑子里的蛐蛐儿全给清除了。"努托回答说:"要全部除掉是很难的,您没听到,这些葡萄园里有多少蛐蛐儿在叫吗?"

对于我来说,听那些话,做努托的朋友,认识他这样的人就像喝酒,听人演奏音乐。当时让我羞愧的是,我还是个孩子,一个仆人,不能像他那样谈话，我觉得单靠自己，什么事也做不成。可是他相信我，说他愿意教我吹军号，带我去卡内利遝集市，让我在射击游戏摊子上打十发子弹。他对我说，愚昧的人不是他干什么活，而是他怎么干。他说，有时候他早上起来也想要来到木匠的工作台前，做张漂亮的小桌子。"你怕什么？"他对我说，"有些东西是一边做着就学会了，只要有意愿……如果我说错了，你可以纠正我。"

后来的那些年，我从努托那里学到了许多东西，也可能是我自己长大了，逐渐明白了很多事。正是他，向我解释为什么尼科莱托是个混蛋。"他是个愚昧的人。"他对我说，"他觉得自己住在阿尔巴城里，每天都穿着皮鞋，没人让他干活，他就比我们这些农民更高贵。他家里的人送他去学校，是你在养活他，你种着他家里的地，他根本就不懂这些。"也是努托对我说，坐上火车可以去任何地方，在铁路的尽头是海港，轮船会定期出发，整个世界就是由道路和海港连接在一起，人们旅行、建造、毁灭，都有时刻表，到处都有能干的人和可怜人。他还对我说了很多国家的名字，说只要读报纸就能知道发生的所有事。就这样，有些日子我在地里，在大路上面的葡萄园里，在太阳下锄地，听到在桃树林中朝着卡内利开来或离开的火车呼啸而过，整个山谷都回荡着火车的声音，这时我会停下来，用手扶着锄头，看着火车头冒出来的烟、车厢，看着卡米内拉山、"鸟巢"的小楼，远眺卡内利和卡拉芒德拉纳，朝着卡洛索，我好像是喝了酒，觉得自己成了另一个人，像努托一样，我觉得自己和他一样有本事，也许有一天，我也会坐上那列火车，不知道会去往哪里。

我已经骑着自行车到卡内利镇子去了几次，我在贝尔波河的桥上停下——但我在镇上看到努托的那一次，对我来说像是第一次。他去卡内利镇为他父亲找件工具，看见我在烟草店，在那些明信片前。"看来，他们都已经卖给你烟了？"他突然在我背后说。我当时正在研究手里的钱能买多少个彩色弹球，我感到羞愧，从那天起就再也没有玩弹球了。我们一起在镇上走了走，看着那些出入咖啡馆的人。卡内利的咖啡馆都不是酒馆，不能喝葡萄酒，只能喝饮料。我们听着年轻人说他们自己的事儿，他们用很平淡的语气聊着那些大得不能再大的事。在橱窗里有一张印刷的布告，上面有一艘大船和一群白色的鸟，根本不必问努托，我明白这是给那些想要旅行，想要看世界的人看的。后来我们谈到这件事，他对我说，那些人中的一个是银行职员——一个金发小伙子，戴着领带，穿着熨过的裤子，那些想要坐船的人都去银行里签协议。那天我还听到的一件事，就是在卡内利镇有一辆四轮马车，时不时载着三四个女人出去，这些女人在大路上招摇过市，一直走到火车站，走到圣安娜教堂，沿着大路走来走去，在四处的咖啡馆喝东西。这都是为了让人看到她们，为了招引顾客，这是她们的主人策划的，谁有钱，又到了一定的岁数，就进到"新别墅"的房子里，与她们中的一个睡觉。

"卡内利所有女人都做这个吗?"我明白是怎么回事时,就问努托。

"也许那样会更好,然而并不是,"他说,"不是所有女人都坐着马车出去。"

我和努托在一起,曾经有那么一个时刻,那时我已经十六七岁了,他要去当兵了。我不记得是他还是我,会在酒窖里偷一瓶酒,带到萨尔托山上。如果是白天,我们就在芦苇丛中,如果有月亮,就待在葡萄园边上,我们会嘴对着瓶子喝酒,一边谈着女人。那时我无法理解的一件事就是:所有女人都一样,都在找男人。我是想着说,所有女人,即使是那些最美、最尊贵的,她们都喜欢一样东西,这让我很惊异。那时我已经很懂事了,听过了许多类似的事,知道也看到伊蕾妮和西尔维娅是怎么跟在某个男人后面,受他们摆布。可是我感到很惊讶。努托对我说:"你以为呢?月亮会照到所有人,雨露皆沾,疾病也会落到每个人头上。破棚子或漂亮的楼房里,人们都能过得好,四处的血都是红的。"

"可是,本堂神父说什么,这不是犯下罪孽吗?"

"星期五犯罪,"努托擦干嘴说,"但还有另外六天呢。"

18

　　我干着自己的那份活儿,现在关于某块地,奇里诺有时会听我的,认为我说得有道理。是他去和马泰奥先生说,要重新安置我。如果他们想要把我留在地里,让我照看庄稼,而不是和其他孩子一起寻鸟巢,就需要干一天活给一天工钱。现在我锄地,喷硫黄,套上牲畜犁地。我能吃苦耐劳,自己还学会了嫁接。那棵杏子树还在花园里,那是我用李子树嫁接的。有一天,马泰奥先生在露台上喊我,西尔维娅和夫人也在那里,他问我教父最后去哪儿了。西尔维娅坐在躺椅上,看着椴树林的上面,夫人在织毛线。西尔维娅是黑头发,穿着红色的衣服,她没有伊蕾妮高,但她们都比继母长得体面。她们至少有二十岁了,打着阳伞走过时,我从葡萄园里看着她们，就像看着树梢上的两颗够不到的桃子。她们来和我们一起收葡萄时，我就逃到埃米莉亚那一行，自在地吹着口哨。

我说，我再也没有看见过教父，问他为什么喊我上来。我为裤子上沾着的铜绿而窘迫，其实脸上也喷上了，我没有想到会见到那些女人。现在想想，马泰奥先生显然是故意这么做的，是为了让我难堪，可是在那个时刻，为了给自己打气，我只想着埃米莉亚告诉我们的关于西尔维娅的事："那姑娘呀，睡觉不穿衬衣。"

"你干的活挺多。"那天马泰奥先生对我说，"竟然让你教父把葡萄园糟蹋了。你不羞愧吗？"

"他还是孩子，"夫人说，"已经要求干一天给一天工钱了。"

我真想找个地缝钻进去。西尔维娅从椅子上转过头来，对她父亲说了些什么。她说："有人去卡内利拿花种子了吗？在'鸟巢'别墅，康乃馨已经开花了。"

没人对她说"你自己去啊"。马泰奥先生看了我片刻,问了一句:"白葡萄园已经干完了?"

"今天晚上干完。"

"明天要用车运……"

"管家已经说了,他会安排的。"

马泰奥先生又看看我,对我说,我有吃有住,而且每天有工钱,应该满足了。"马知道满足,"他对我说,"它们干得比你多,牛也知道满足。埃尔薇拉,你记得这孩子刚来时的样子吗?像只瘦弱的麻雀,现在他胖了,长大了,像个大胖修士。如果不当心,圣诞节时,我们就把你和圈里那头一起宰了……"

西尔维娅说:"没人去卡内利吗?"

"跟他说吧。"继母说。

桑妲和埃米莉亚来到了露台上。桑妲穿着红色的小鞋子,头发纤细,几乎是白的。她不肯吃糊糊,埃米莉亚试图抓住她,把她带进屋子去。

"桑妲,桑妲。"马泰奥先生一边站起来,一边说,"到这里来,让我吃了你。"

他们在逗小女儿时,我不知道自己是不是应该走开。大厅的玻璃闪着光,朝着贝尔波河那边,远处能看见卡米内拉山、芦苇丛、我家那边的河岸。我想起了市政府的那五个里拉。

我对正举着小女儿的马泰奥先生说:"我明天应该去卡内利吗?"

"你问她。"

可是西尔维娅从栏杆边叫喊着,要人等等她。伊蕾妮坐着马车,和另一个女孩从松树下经过,火车站的一个小伙子为她赶着车。"你们能带我去卡内利吗?"西尔维娅喊道。

一下子,所有女人都走了。埃尔薇拉夫人带着小女儿重新进到屋里,其他几个姑娘在大路上笑。我对马泰奥先生说:"以前,医院为我付五个里拉。我已经好久没有再看见这些钱了,不知道谁领了。可是我现在干的活不止值五里拉……我要买鞋子。"

那天晚上我很幸福，我对奇里诺、努托、埃米莉亚，对马也说了这件事：马泰奥先生已经答应每个月给我五十里拉，全都给我。赛拉菲娜问我愿不愿意把钱存在她那里——如果放在口袋里，我会弄丢的。她问我这话时努托在场，他吹起口哨来，说在手里的四个小钱也比百万里拉放在银行里要好。埃米莉亚说想要我送一件礼物给她，整个晚上我们都在谈论我的钱。

正如奇里诺说的，现在我被重新安置了，应该像一个成年男人那样干活了。其实我什么都没有变，同样的手臂，同样的背脊，他们还称我为"鳗鱼"，我不懂有什么差别。努托建议我不要太当回事。他对我说，如果他们给我五十个里拉，也许我已经在干一百里拉的活儿了，为什么我不买个奥卡利那笛。"我不可能学会的，"我对他说，"没用的，我生来就是这样。""其实很容易学。"他说。我已经有了其他想法，我想着有了那些钱，有一天我就能离开。

可是，夏天挣的钱我全都浪费在集市上，花在打靶场，还有其他无关紧要的事情上了。就是在那时，我为自己买了把折叠刀，用来吓唬晚上在圣安托尼诺路上等我的那些卡内利男孩。如果一个人经常在广场上转悠，左顾右盼，那时就有人拳头上包着手帕等着他。老人们说，以前还更糟糕，人们互相残杀，乱捅刀子。在卡莫大路一处悬崖上还有个十字架，在那里有人曾把一辆小双轮马车弄翻了，连同里面的两个人摔下山岩。可是现在政府采取了手段，让所有人都达成一致，曾经有一段时期，法西斯分子想打谁就打谁，他们和宪兵沆瀣一气，没有人敢动他们。老人们说，现在好很多。

甚至在这方面，努托也比我强。他那时已经到处转，能和所有人聊天。那年冬天，他就与圣安娜镇的一个女孩谈着，夜里来来回回，没人说他什么。可能是在那些年他开始吹单簧管，所有人都认识他父亲，他在足球赛中从不插嘴，反正结果就是，他可以自由自在地到处逛，和人开玩笑，从来没人说他什么。他在卡内利镇认识一些人，那时他听说有人要揍某个人，他就已经把那些打架的人看成愚昧无知的人，当成傻瓜。他说，他们可以把这个差事给那些收钱专门干这事儿的人，他让那些人感到羞愧。他说，只有狗才朝着外来的狗吠叫，才会扑上去咬。主人教唆狗是为了私利，为了继续当主人，而如果狗不是牲畜，它们就会团结一致朝主人吠叫。他从哪儿得来的这些想法，我不知道，我想是从他父亲和闲人那里听来的。他说，就像一九一八年打的仗一样，那么多狗被主人放出来，互相残杀，而主人继续作威作福。他说，只要读报纸——当时的那些报纸，就明白世界充满着教唆狗的主人。我那时常常想起努托的这句话，有些日子你已经不想知道，世界发生了什么，但只要走在大街上，就看到人们手里的报纸像暴风雨一样的大标题。

  我挣到了最初的一笔钱，我想要知道安焦利娜、朱莉娅和教父生活得怎么样，但我一直没有机会去找他们。在收葡萄的日子里，我问那些赶着马车去卡内利卖葡萄、从大路上经过的科萨诺人。最后终于有一个人告诉我,他们在等我,朱莉娅在等我,他们惦记着我。我问两个女孩现在怎么样了。"什么女孩?"那人对我说,"她们是两个女人了,去做工了,和你一样。"于是我一心想着去科萨诺,可是一直没有找到时机,冬天道路太糟糕了。

19

集市的第一天,钦多来天使旅馆取我答应给他的刀。有人告诉我一个小男孩在外面等我,我出去看见他穿着节日的衣服,脚蹬木屐,在四个玩纸牌的人身后。他告诉我,他父亲正在广场上买锄头。

"你要钱,还是要刀?"我问。他想要刀。我们来到太阳下,在卖布、卖西瓜的摊子间走过,穿过人群,走到铺着帆布口袋的地摊前,上面满是铁器、耙子、犁铧、钉子,我们寻找刀子。

"如果你父亲看到了,会抢走的。"我对他说,"你把刀藏在哪里?"

钦多笑了,那双没有睫毛的眼睛在笑。"我父亲嘛,"他说,"如果他抢我的刀,我就杀了他。"

在卖刀的摊子前,我让他自己选。他难以置

信。"来吧，快点选。"他选了一把甚至让我也艳羡的刀：很漂亮，很粗，七叶树的颜色，带有两个可以弹起的刀片，还有开瓶器。

我们回到旅馆里，我问他有没有在山谷里找到其他纸牌。他把刀拿在手里，打开又合上，在手掌上试着刀刃，他说没有。我对他说，以前我在卡内利集市上，为自己买过一把这样的刀，我用它在地里割柳枝。

我让人给他端来一杯薄荷水，他喝水时，我问他有没有坐过火车或邮车。比起坐火车，他回答说，他更喜欢骑自行车，可是莫罗内家的戈斯多说，他的脚不可能骑自行车，需要一辆摩托车。我说起了在加利福尼亚时，我开着小卡车到处跑。他听着我说话，不再关注那四个玩塔罗牌的人。

后来他对我说："今天有球赛。"他眼睛睁得很大。我正要对他说："那你不去吗？"瓦利诺出现在天使旅馆门口，黑着脸。钦多感受到他了，还没看见就已经感觉到了，放下杯子，跟着他走了。

他们一起消失在阳光下。

如果能用钦多的那双眼睛看世界,我愿意付出任何代价。像他一样从卡米内拉山重新开始,有那样一个父亲,也许还有那条残腿。现在我懂得许多东西,我能够保护自己,对他我感觉到的也许不是同情,有时是嫉妒。我觉得,我知道他在夜里做的梦,还有他拖着那条腿走过广场时心里想的。我没有那样走过路,我的腿不瘸,可是过去有多少次,我看到那些喧闹的马拉车经过,上面坐着女人和孩子,他们去卡斯提约内、科萨诺、康佩托,以及各处的集市、宗教庆典,我和朱莉娅、安焦利娜待在核桃树、无花果树下,在桥的栏杆上,在那些漫长的夏夜,总是看着天空和葡萄园,夜复一夜。在深夜能听到人们在大路上唱着歌、欢笑着,隔着贝尔波河互相呼唤。就是在这样的夜晚,我远远看见山丘上的一道光,一堆篝火,这让我叫喊着在地上打滚,因为我贫穷,还是个孩子,我什么都不是。如果来一阵暴风雨,末日般的狂风暴雨,破坏了他们的节日，我可能会很享受。现在想到这一切，我充满怀念和惋惜，真希望回到那时候。

我真希望重新回到莫拉庄园的院子里，在那个八月的下午，所有人都去卡内利赶集了，连奇里诺、邻居们都去了。他们对只有一双木屐的我说："你不会光着脚去吧，还是留下来看家吧。"那是在莫拉庄园的第一年，我不敢说什么，但我盼望那个节日已经有一段时间了。卡内利镇的集市一直都很有名，应该会有"美食树"和套袋赛跑，还有足球赛。

主人和两个大女儿，埃米莉亚带着小女儿，都坐着大马车走了，庄园关了门。剩下我一个人，和狗还有牛在家里。我在花园的栅栏后待了一会儿，看着大路上经过的人。所有人都去卡内利，我甚至羡慕那些乞丐和残疾人。后来我气不打一处来，就朝着鸽子楼扔石子，打破上面的瓦块，听着石子滚落下来，落在露台的水泥地上。我不想看家，就拿起剪枝刀跑到了地里。我想，我偏不给他们看门，希望有人把房子烧了，小偷把东西偷走。在地里，再也听不到过路人的说话声,这让我更愤怒、害怕,我想哭。我开始捉地里的蚂蚱,把它们的腿撕下来,从关节处弄断。"活该你们倒霉,"我说,"你们应该去卡内利。"我开始咒天骂地,用我知道的所有脏话。如果胆子大一些,我就会在花园里搞破坏,把那些花都摧残了。

我想着伊蕾妮和西尔维娅的脸,我告诉自己,她们也要撒尿。

一辆小马车停在栅栏前。"家里有人吗?"我听到有人喊。那是尼扎的两个军官,我曾经看见他们在露台上和小姐们在一起。我在柱廊后躲着,一声不吭。"有人没有?小姐在家吗!"他们喊道,"伊蕾妮小姐!"狗开始吠叫起来,我没有吭气。

过了一会儿,他们走了,这时我才心满意足,我想他们也是杂种。我进了房子,吃了一片面包。地窖门关着,可是在橱柜里,洋葱中有一整瓶酒,我拿出酒,在大丽花丛后面把它全喝了,喝完我感到头晕,脑子在嗡嗡地响,像满是苍蝇。我回到房间里，把瓶子在橱柜前的地上打碎，假装是猫打碎的，并在那里倒了一些水，假装是酒洒了。我就到干草堆上去睡了。

我一直醉到晚上，醉着给牛饮水，给它们换褥草，喂干草。赶集回来的人们开始在大路上走过，我从栅栏后面问："美食树"上挂的是什么东西，赛跑是不是真的站在袋子里，最后谁赢了。那些人很乐意停下来和我说话，从来没人和我说过那么多话。这时，我感觉自己是另一个人，我甚至后悔没有和那两位军官说话，没有问他们找我们家姑娘做什么，问他们是不是真的以为，她们和卡内利的那些女人一样。

莫拉庄园的人回来时，我已经知道了很多集市上发生的事，能够和奇里诺、埃米莉亚，和所有的人聊，就好像我去过一样。晚餐时还有酒喝。大马车夜里很晚时回来，我已经睡了有一段时间了，我梦见自己爬上西尔维娅光滑的背，就像爬上"美食树"一样，我听到奇里诺起来开栅栏门，我听见他们说话、关门,还有马喘气的声音。我在草垫上翻着身,心想现在我们全在这里,真好。第二天我们会醒来,来到院子里,我和大家还会聊起集市的事。

20

那时的美好之处在于，一切都按照季节的流转在进行，每个季节，根据劳动和收获的不同，下雨或者晴天，都有它的习惯和游戏。冬天，穿着粘着泥土的沉重木屐走进厨房里，收了庄稼的地都已经犁了，手掉皮了，肩膀也被犁磨破了，但之后就歇着了。天下雪了，大家坐在一起消磨时间，吃栗子，守夜，去马厩里转转，就好像永远都是星期天。我记得冬天最后要干的活，就是三九寒冬之后的第一件事：要点燃湿漉漉的、黑色的玉米秆和叶子。浓烟从地里升起，已经有了夜晚和守夜的气息，预告第二天的好天气。

冬季是努托的季节。那时候他是个小伙子了，吹单簧管，夏天他会走得很远，或是在火车站演奏，只有冬天才在周围活动，在家附近，在莫拉庄园和附近各个院子里。他戴着自行车手的帽子，穿着灰绿色的毛衣来了，讲他知道的事。他说人们发明了一种机器，可以数树上有多少颗梨子；夜里一些从外面来的贼把卡内利的小便池给偷走了；卡洛索的一个人在出门前给孩子戴上动物的口套，不让他们咬人。他知道所有人的事。他知道在卡西纳斯科有个人，卖了葡萄之后，就把一百里拉面值的钞票铺在一张草席上，在早上的阳光下晒一小时，为的是让钱不受潮。他知道一个生活在库米尼的男人，长了个葫芦一样大的疝气，有一天他要妻子试着给他挤一挤，就像挤牛奶一样。他还知道有两个人，他们吃了公山羊肉，后来一个又跳又叫，另一个用头顶人。他会讲到一些人的妻子，乱七八糟的婚姻，地窖里藏着死人的农场。

从秋天到一月，孩子们聚在一起玩弹球，大人玩纸牌。努托会所有的游戏，但他更喜欢玩藏牌和猜牌，从一大堆牌里摸出一张牌，让它从兔子耳朵里冒出来。他在早晨进来时,看到我在打谷场上晒太阳,就把香烟分成两段,我们点着烟。他说:"我们去顶层上看看。"顶层是鸽舍的阁楼,要从大楼梯爬上去,在主人住的那层上面,那里楼层很低,要弯着腰才行。在那上面有一只箱子,许多坏了的夹子、破家具和一堆鬃毛。有个圆形的小窗,朝向萨尔托的山丘,我觉得像是卡米内拉农舍的窗子。努托在那只箱子里乱翻,里面是撕破的书、铁锈色的旧纸、账本、破画。努托翻阅着那些书,拍打着书上的霉斑,拿着那些书,手很快会变得冰冷。这都是马泰奥先生的父亲,还有祖父、曾祖父的书。他父亲曾在阿尔巴上过学。那里有一些拉丁文的书,像做弥撒用的,有一些书上有摩尔人和动物的图画,就这样我认识了大象、狮子和鲸鱼。努托拿走了几本书,塞在毛衣下带回了家。"反正,"他说,"没有人会看。""你要这些书做什么?"我问他说,"你不是会买报纸吗?"

"这可都是书呀。"他说,"要尽量多读书。如果不读书,永远都翻不了身。"

从楼梯平台上经过时,能听到伊蕾妮在弹琴。有阳光的早晨,有时玻璃门开着,琴声传到露台上,在椴树间回荡。我一直都有些惊异,一架如此巨大的黑色家具,能发出让窗玻璃颤抖的声音,居然是她一个人弹出来的,用大家小姐才有的白皙、修长的手指。据努托说,她弹得很好,她小时候在阿尔巴学习弹琴。而西尔维娅只会在钢琴上乱弹一气,唱几句,草草收尾。西尔维娅比伊蕾妮小一两岁,有时还会跑着上下楼梯,那一年她学会了骑自行车,火车站长的儿子帮她扶着车座。

听到钢琴声,我有时会看看自己的双手,明白在我和主人之间,我和女人之间,有很大的差别。即使是现在,我已经有差不多二十年没干过体力活了,我能熟练写下自己的名字,这是以前我难以置信的事。但如果看看自己的手,我就明白我不是绅士,所有人都能觉察到我曾经拿过锄头,但我也明白女人并不在意这些。

努托曾经对伊蕾妮说,她弹得像个艺术家,他愿意一整天听她弹钢琴。伊蕾妮把他叫到露台上(我也跟他去了),开着玻璃门,她弹了几首很难但确实很美的曲子,乐声回荡在整个庄园里,大路上面的白葡萄园里都能听得到。我太喜欢了,天哪。努托噘着嘴听着,像是在吹单簧管,而我透过玻璃门看到房间里的花、镜子,伊蕾妮挺直的背脊,正在用力的手臂,谱子上金黄的头发。我看到山丘、葡萄园、河岸,我明白这不是乡下那些乐队演奏的音乐,它表达的是别的东西,不是为卡米内拉山、贝尔波河的树林,也不是为我们创作的。但我还可以看到,在远处,在萨尔托山朝向卡内利镇那边,在法国梧桐的枯枝间,"鸟巢"的红色小楼。那栋小楼、卡内利镇的绅士和伊蕾妮的音乐相配,这是他们的乐曲。

"不!"努托突然喊道,"弹错了!"伊蕾妮重新开始弹,但她低着头笑了,几乎是红着脸看了他一眼。努托进到房间里,翻谱子给她看,争论了一番，伊蕾妮又弹了起来。我留在楼台上，一直看着"鸟巢"别墅和卡内利。

马泰奥先生的两个女儿不是为我也不是为努托而生的。她们很富有，对于我们来说过于美丽，高高在上，陪伴她们的是军官、绅士、测地员，已经长大的年轻人。晚上在我们当中，在埃米莉亚、奇里诺、赛拉菲娜当中，总有人知道西尔维娅在和谁谈，伊蕾妮在给谁写信，前一天晚上她们和谁在一起。大家说，继母不愿意把她们嫁出去，不希望她们分掉庄园的土地和农舍，她想要为她的桑妲准备丰厚的嫁妆。"是呀，试着把她们留在家吧。"管家说，"这样两个姑娘。"

我不说话，夏天有时候我坐在贝尔波河边想着西尔维娅，我不敢想金发的伊蕾妮。可是有一天，伊蕾妮来带着桑妲在河边沙地上玩，没有人，我看见她们在水边走走停停。我当时躲在一棵接骨木后面。桑妲叫喊着，指着对岸的什么东西。伊蕾妮放下书，弯下腰脱下鞋子和袜子，头发那么金黄，白皙的双腿，她把裙子提到膝盖那里，走进了水里，她慢慢过了河，先用脚试探着。她朝桑妲喊着不要动，她摘了一些黄色的花。这一切历历在目，恍如昨日。

21

几年后,我在热那亚当兵,找到一个长得像西尔维娅的姑娘,和她一样是黑头发,比她更丰满更狡黠,年纪和我进莫拉庄园时的伊蕾妮、西尔维娅相仿。我给一位上校当勤务兵,他在海边有一幢小别墅,让我照料他的花园。我打扫花园,点燃炉子,烧洗澡水,在厨房里出入。特雷莎在那里做女佣,她取笑我说的话。正是因为这个原因我才当勤务兵的,就是不想身边有那些下士,他们会取笑我的口音。我盯着她的脸,我总是这样,不回应,只是看着她,但我很留心人们说什么,我话很少,每天都学到一点东西。

特雷莎笑着问我,有没有为我洗衬衣的姑娘。"在热那亚没有。"我说。

她想要知道，我休假回家乡时，是不是把包袱带走。

"我不回家乡，"我说，"我想留在这里，在热那亚。"

"那女朋友呢？"

"有什么要紧的，"我说，"热那亚也有姑娘。"

她笑了，想要知道是什么样的姑娘。我也笑了，对她说："还不知道。"

她成为我的女朋友，夜里我上楼到她睡觉的地方找她，我们做爱。她总是问我想在热那亚做什么，如果没有个正经职业，为什么我不愿回家。她说这话时，半是严肃半是开玩笑。"因为你在这里。"我本想对她这么说，但这没有用，我们已经在床上拥抱在一起了。或者告诉她，热那亚对我来说也不够，努托也来过这里，所有人都来过。如果我说："我已经厌倦了热那亚，想去更远的地方。"她一定会发火，会抓住我的手骂我，说我和其他男人一样。"可是很多人，"我解释说，"都很乐意留在热那亚,他们特意来到这里。我有手艺,可是热那亚用不上。我需要去一个能施展才能的地方,一个非常遥远的地方,我家乡任何人都没有去过的地方。"

特雷莎知道我是杂种,总问我为什么不寻找我的亲人,问我是否渴望认识我母亲。"也许,"她对我说,"你的血脉可能就是这样。你是吉卜赛人的儿子,头发乌黑卷曲⋯⋯"

(埃米莉亚给我起了"鳗鱼"这个外号,她总是说,我肯定是一个街头卖艺人和上朗格一只母山羊的儿子。我笑着说,我是神父的儿子。努托就会问我:"你为什么这样说?""因为他游手好闲。"埃米莉亚说。努托开始叫喊着说,没有人生来就是懒汉、坏人或罪犯,人生下来都是一样的,只是有人虐待你,败坏了你的心性。"拿加诺拉来说,"我反驳说,"他是个没有头脑的人,生来就是傻子。""没有头脑,并不意味着就是坏人,"努托说,"是那些愚昧的人在他后面叫嚷,惹他发火。")

我只有怀抱着一个女人时,才想着这些事。几年后——我已经在美国了,我发现对我来说,美国人都是杂种。在我生活的弗雷斯诺,我把许多女人带上过床,和其中一个几乎要结了婚,可是我从来不清楚她们的父母在哪里,她们的土地在哪里。她们独自生活,有的在罐头厂工作,有的在办公室。罗姗娜是个小学老师,不知道她是从哪儿来的。她是从一个种小麦的州来的,带着一封给电影画报的信。她从来也不愿意告诉我她在海岸上过着什么生活。她只说生活很艰难,"a hell of a time"[1],她的声音有些沙哑、坚硬。说真的,这里住着一家家的人,特别是在山上,在那些新房子里,在土地和加工水果的工厂面前,夏天的晚上能听到喧闹声,空气中弥漫着葡萄园和无花果的气味。成群的男孩和女孩在狭窄巷子里,在小路上奔跑着,但那些人是亚美尼亚人、墨西哥人、意大利人,看起来是刚到

---

[1] "地狱一样的时光"

那里的。他们耕种土地的方式，就像城里的清洁工在打扫街道，他们在城里睡觉，玩乐。一个人从哪里来，父亲或祖父是谁，没人会问这些问题。这里没有任何乡下姑娘。即使住在山谷上面的那些姑娘，也根本不知道一头山羊、一条河岸是什么。她们坐着汽车、自行车、火车到处跑，像办公室里的女孩一样工作。她们成群结队，在城里她们会一起准备葡萄节的彩车。

在罗姗娜做我女朋友的那些日子里，我明白她确实是个杂种。她在床上摊开来的双腿就是她全部的力量，她父母也许在那个种小麦的州，或者在其他什么地方，但对她来说，只有一件事最重要：让我下决心和她一起回到海岸上，开一家有葡萄架的意大利小饭馆。"A fancy place, you know"[1]，在那里，可能会有人看到她，给她拍一张照片，随后印在一份画报上，"only gimme a break, baby"[2]。她不惜拍裸照，甚至在

---

[1] "你知道，就是一个时髦的地方"
[2] "宝贝，只是让我休息一下"

消防梯上张开双腿，只要能出名就行。她好像确信我能帮助她，当我问她为什么和我上床时，她笑着说，毕竟我是一个男人（"Put it the other way round, you come with me because I'm a girl."[1]）。但她并不傻，她知道自己想要什么，只是想要一些不可能的东西，她从不碰一滴酒（"Your looks, you know, are your only free advertising agent."[2]），正是她，禁酒令颁布时，建议我制造"prohibition-time gin"[3]，提供给那些想喝酒的人——这样的人很多。

她金发，高个子，总是在抚平皱纹，弄卷头发。不认识她的人，看见她迈着那样的脚步从学校的栅栏门里出来，会觉得她是个优秀的女学生。她教什么我不知道，那些学生把帽子抛到空中，吹口哨向她表示问候。刚开始，我和她说话时会把双手藏起来，压低声音。她很快问我为什么不变成美国

---

[1] "反过来说，你来找我是因为我是女人。"
[2] "要知道，你的外表是你的免费广告。"
[3] "禁酒令时期的杜松子酒"

人。因为我不是美国人,我低声说"because I'm a wop"[1]。她笑着对我说,是美元和头脑造就了美国人。"Which of them do you lack?"[2]

我经常想,我俩会生出来什么样的孩子,从她那光滑而结实的胯部,那用牛奶和橙汁滋养的黄金色的肚子,还有我浓稠的血。我俩都不知道自己是从什么地方来的,要想知道我们是谁,血脉里真正有什么,唯一的方式就是生个孩子。我想,如果我儿子像我父亲,像我祖父,那就好了,这样我就能看到自己是谁。如果我同意去海岸上,罗姗娜也许愿意为我生个儿子。可是我克制住了自己,我不愿意,那样的妈妈和我,将会产生另一个杂种——一个美国小子。那时我已经知道我会回意大利。

罗姗娜跟我在一起时,并没有做出什么惊天动地的事。在天气好的星期天,我们乘着公共汽车去海边,下海游泳。她穿着凉鞋,披着彩色纱巾在海

---

[1] "我是个意大利黑仔"
[2] "你缺少哪一样?"

滩上散步，在游泳池里，穿着短裤小口喝着饮料，在躺椅上伸展着身体，就像在我的床上。我笑了，不知道究竟是笑谁。然而我喜欢那个女人，我喜欢她，就像喜欢早晨清爽的空气，就像触摸街道上那些意大利人摊子上的新鲜水果。后来有一个晚上，她对我说，她要回父母那里。我呆在那里，因为我不相信她能做出这样的事。我正要问她会离开多久，她看着自己的膝盖——她在汽车里，坐在我身边对我说，我不用说任何话，一切都已经决定了，她要永远待在父母身边了。我问她什么时候动身，她说："Any time."[1]

我把她送回公寓，我对她说我们可以改一下结局，我们可以结婚。她面带微笑，看着自己的膝盖，皱着额头听我说话。

"我已经想过了，"她用嘶哑的声音说，"I've lost my battle."[2]

---

1 "随时。"
2 "没用了，我彻底失败了。"

但她没有回家，她又去了海岸上，可是她从来也没有上过画报。几个月后，她从圣莫尼卡给我写过一张明信片，向我要钱。我汇给了她，她没有回信，我就再也没有她的消息了。

22

在这个世界浪迹,我认识了很多女人,有金发的也有黑发的,我寻找女人,在她们身上花了许多钱;现在我不再年轻,她们开始来找我,但这不重要。我明白了马泰奥先生的女儿并不是这世界上最美的,也许桑妲最美,可我没见过她长大的样子。她们有着大丽花、西班牙玫瑰的美,像那些长在果树下花园里的花。我还明白她们并不精明能干,她们的钢琴、小说、茶、太阳伞并不能为她们谋取一份生活,成为真正的贵妇,掌控一个男人和一个家。在这个山谷里有许多农妇,她们更有本事,能确立自己的地位,掌控局势。伊蕾妮和西尔维娅不再是农民,还不是真正的贵妇,她们不适合这里,可怜的女孩,她们因此死去。

在最开始收葡萄的季节,我就明白她们的弱点,我感觉到了,但还没明白是怎么回事。整个夏天,从院子里或者地里,只要抬起眼睛看见露台、玻璃门、屋顶,就能明白她们姐妹俩才是主人,她们,还有继母和小妹妹,至于马泰奥先生,如果要进房间,也要在门口的小毯子上擦一下自己的鞋底。有时听到她们在上面叫人做事,要为她们套好马车,看到她们从玻璃门里出来,撑着太阳伞去闲逛,她们穿得那么完美,连埃米莉亚也挑不出来毛病。有些早上,姐妹中的一个下楼到院子里,从锄头、手推车、牲畜间走过,去花园里摘玫瑰。有几次她们也去地里,走在田间小路上,穿着轻便的鞋子,和赛拉菲娜、管家说话。她们害怕牛。她们会带着一个漂亮的小篮子摘七月成熟的早葡萄。一个晚上,我们堆好了麦秸,那是圣乔瓦尼的晚上,到处都是篝火,她们也来乘凉,听女孩们唱歌。后来在我们这些下人当中,在厨房里,在一行行葡萄树之间,我听到了许多关于她们的事,说她们弹钢琴、读书、绣靠垫，教堂的长凳上有她们的铭牌。好吧，就是在那个收获葡萄的季节，我们这些仆人在准备篮子和木桶，打扫地窖，马泰奥先生也在葡萄园里视察。在那些天里，我听埃米莉亚那里说，家里闹得特别厉害，西尔维娅在摔门，伊蕾妮红着眼睛坐在饭桌前，不吃东西。我不理解她们怎么了，而且是在收葡萄的欢乐日子，只要想想，所有一切都是为她们而设，这些收成都是为了装满马泰奥先生的口袋，这都是她们的东西。一天晚上，我们坐在一根横木上，埃米莉亚对我们说了这件事，说是因为"鸟巢"别墅的缘故。

事情是这样的，别墅的老夫人——热那亚的伯爵夫人，十五天前带着几个儿媳妇和孙子从海边浴场回到了"鸟巢"别墅。他们在法国梧桐树下举办了一场聚会，邀请了卡内利镇和火车站那边的一些人，而莫拉庄园她们两姐妹、埃尔薇拉夫人被他们忘了。不知道是忘了还是故意的？家里的三个女人一直在折腾马泰奥先生，让他不得安生。埃米莉亚说,家里最正常的只剩桑妲了。"我又没有得罪谁。"埃米莉亚说,"她们一个还回应,一个暴跳如雷,另一个人摔门而去。要是哪里痒了,自己挠挠不就好了。"

收葡萄的季节来了,我不再想这事了,但那件事就已经让我睁开眼了。伊蕾妮和西尔维娅也和我们一样,受到了糟糕的待遇就会变坏,她们会生气,并感到痛苦,渴望她们没有的东西。不是所有的绅士和贵妇都一样,有的更重要、更有钱,他们不屑于邀请我的女主人。我开始想,"鸟巢"那栋古老楼房的房间和花园会是什么样的,让伊蕾妮和西尔维娅拼命想去却不能去。我们只从托马西诺和几个仆人那里听说了一些事,因为山腰的那一片被围了起来,一条河岸把别墅和我们的葡萄园分开,还立了一块告示牌,连打猎的人都不能进去。从"鸟巢"下面的大路上抬起头,只能看到一片密密的竹林,在本地可是稀罕的植物。托马西诺说,那是一座花园,房子周围铺了很多小石子,比养路工人春天撒在道路上的石子更小更白。此外,"鸟巢"别墅的地是沿着后面的山丘向上走,麦地和葡萄园交叉着,有农舍、核桃林、樱桃林和巴旦杏林,一直到圣安东尼诺以外,从那里下到卡内利,那里有带有水泥柱的苗圃和花圃。

"鸟巢"的花,我在前一年看见过,伊蕾妮和埃尔薇拉夫人一起去那里,她们回来带了几束花,比教堂的玻璃、祭坛上的装饰品更漂亮。前一年,人们曾在卡内利的大路上遇到老夫人的大马车。努托看到那辆车说,驾车的仆人莫雷托穿得像个宪兵,戴着发光的帽子和白色的领带。那辆马车从来没在莫拉庄园前停下过,只是有一次去火车站经过这里。老夫人也是在卡内利做弥撒。那些老年人说,很久以前老夫人还不在"鸟巢"时,那里的主子根本不去外面听弥撒,他们在家做弥撒。他们养着一个神父,每天在一个房间里做弥撒。那时老夫人还是个名不见经传的姑娘,在热那亚和伯爵的儿子做爱,后来她才成了"鸟巢"的主人。伯爵的儿子死了,老夫人在法国嫁的一个英俊的军官也死了，他们的孩子也不知道死在什么地方。现在老夫人已经白发苍苍，撑着黄色的太阳伞，乘着马车去卡内利，供着孙子孙女们吃住。但是伯爵儿子，以及后来的法国军官还在时，夜里"鸟巢"总是灯火辉煌，觥筹交错，当年还像玫瑰花一样娇艳的老夫人举行舞会，请人吃饭，邀请尼扎、亚历山德里亚城的人来参加。有漂亮的女人、军官、议员来参加聚会，都是乘着两匹马拉的马车，带着仆人来，他们玩牌、吃冰激凌、举行婚礼。

伊蕾妮和西尔维娅知道这些事，对于她们来说，受到老夫人的接纳和热情欢迎，就像对我来说，从露台上朝放钢琴的房间里看一眼，就知道她们坐在我们楼上的桌旁，看见埃米莉亚用叉子和勺子模仿她们。只是由于女人间的事，她们感到痛苦。另外，她们整天在露台上或花园里游手好闲，没有任何活儿干，没有辛苦的事让她们忙，她们甚至都不愿意照看桑妲。这就明白了为什么，离开莫拉庄园，进入法国梧桐树下的院子,与伯爵夫人的儿媳、孙子孙女在一起,让她们趋之若鹜。就像对我来说,看见卡西纳斯科山丘的篝火,或听到夜里火车的鸣笛一样。

23

一年中最美的日子来临了。在贝尔波河边的树林里、山顶的平地上,很早就听到枪声,奇里诺说,他看见野兔跑进一条犁沟。那时候收葡萄、剥玉米、榨葡萄汁根本就不算干活。天已经不热了,还没有开始冷,天高云淡,大家就着兔子肉喝棒子粥,出去采蘑菇。

我们这些人到周围去采蘑菇,伊蕾妮、西尔维娅与她们在卡内利的朋友一起乘着双轮马车到阿亚诺采蘑菇。一天早晨,草地上的雾还没散时,她们就出发了,我为她们套好了马车,她们应该是在卡内利广场上和其他人集合。火车站那个医生的儿子拿着鞭子,那个年轻人打靶总是百发百中,打牌可以从早打到晚。那天忽然下起了一场很大的暴风雨,雷鸣电闪，就像八月一样。奇里诺和赛拉菲娜说，现在冰雹落在蘑菇上，落在采蘑菇的人头上，要比十五天前落在收成上好些。到了夜里，雨还是下得很大，马泰奥先生提着灯笼，披着斗篷来叫醒我们，叫我们留心一下马车回来的声音，他很不放心。楼上的窗子亮着灯，埃米莉亚跑上跑下，端着咖啡，小女儿在哭叫，因为两个姐姐没带她去采蘑菇。

马车第二天才回来，医生的儿子拿着鞭子在驾车，一边喊着"阿亚诺的水万岁"，他直接跳到地上，没有踩着踏脚板。他帮两个姑娘下车，她们受了凉，头上包着手帕，腿上放着空篮子。她们上了楼，我听到她们一边欢声笑语，一边在取暖。

从那次到阿亚诺郊游开始，医生的儿子经常在大路上经过，他在露台下面问候两个姑娘，就这样和她们说话。后来冬天的下午，她们让他进门来，他穿着猎人的靴子，用一根细棍子敲打着靴子，在家里四处张望，在花园里摘一朵花、一根小树枝或爬墙虎的红色叶子，他快步走上玻璃窗后的楼梯。

楼上壁炉里的火烧得很旺,可以听到钢琴的声音,笑声一直持续到晚上。有几次,那个阿尔图罗留下来吃午饭。埃米莉亚说,她们用茶水和饼干招待他,总是西尔维娅给他端吃的喝的,但他在追求伊蕾妮。伊蕾妮头发金黄,那么善良,她为了避免和阿尔图罗说话,就弹起了钢琴。西尔维娅窝在沙发上了,他们说着一些傻话,没一句正经的。后来门打开了,埃尔薇拉夫人把小桑妲匆匆推了进去,阿尔图罗站起来,有些厌烦地打招呼。夫人说:"我们还有一个爱嫉妒的小小姐,想给大家介绍一下。"马泰奥先生来了,他几乎不能容忍阿尔图罗,但埃尔薇拉夫人却一直在说他好话,说阿尔图罗绝对配得上伊蕾妮。伊蕾妮并不喜欢阿尔图罗,说他很虚伪,根本就不听音乐,在餐桌上举止也不得体,他逗桑妲玩,只是为了对她母亲表示感谢。西尔维娅却为他辩解,脸变得通红,她们提高了嗓门在争辩;后来伊蕾妮冷静下来,控制住自己的情绪说:"我把他让给你。为什么你不要?"

"把他从家里赶出去吧,让他别来了。"马泰奥先生说,"一个只会耍钱,没一块土地的男人不算男人。"

冬天快结束时,阿尔图罗开始把车站的一个职员带过来,那是他的朋友,个子很高,他也迷上伊蕾妮,他只说意大利语,不会说本地方言,可是他懂音乐。这个瘦高个开始与伊蕾妮四手联弹,他们这样结成一对,阿尔图罗和西尔维娅就抱着跳舞,一起说笑。现在桑妲来了,就轮到那位高个子朋友将她高高举起,抛起来又接住。

"如果不是因为他是托斯卡纳人,"马泰奥先生说,"我就可以说,他很无知,架子还是有……我在的黎波里时,有个托斯卡纳人和我们在一起……"

我知道那房间是什么样的,钢琴上摆着两束花和红色的叶子,伊蕾妮绣的小窗帘,用链子挂起来的透明大理石灯,灯光像是水面反射的月光。有几个晚上,四个人全都穿上厚衣服,来到露台上的雪地里。两个男人抽着雪茄,如果待在干枯的爬山虎下,就能听到他们谈话。

努托也来了,来听他们的谈话。最有意思的是听阿尔图罗说话,他装出一副精明能干的样子,讲述有一天他在去卡斯蒂利奥莱的火车上,押了多少钱,在阿奎伊的那次他把最后一分钱都赌上了,如果输了就回不了家了,可是他赢到了一顿晚饭的钱。那个托斯卡纳人说:"你记不记得你打的那一拳……"阿尔图罗就开始讲那一拳的故事。

两个姑娘靠着栏杆叹息。那托斯卡纳人靠在伊蕾妮的旁边,讲他家里的事,讲他去教堂弹管风琴。讲到后来,两根雪茄会落到我们脚边的雪里,就能听到上面小声说话,大家有些激动,更大声地叹息。我们从下面抬起眼睛,只能看到干枯的爬山虎,还有天上的许多冷冰冰的星星。努托嘴里挤出一句:"都是浪子。"

我一直在想这事,还问埃米莉亚是什么情况,搞不清楚他们是怎么组合的。马泰奥先生不赞成伊蕾妮和医生的儿子在一起,说是迟早有一天要教训他几句。夫人做出很生气的样子。伊蕾妮耸耸肩,说阿尔图罗很粗俗,即使给她做仆人,她也不要,可是他要来家里,她也没办法。西尔维娅这时说,那个托斯卡纳人才是笨蛋。埃尔薇拉夫人又一次不高兴了。

伊蕾妮没法和那个托斯卡纳人谈,因为阿尔图罗盯着他们,裹挟着他的朋友。最后的结果是阿尔图罗两姐妹都追求,希望能得到伊蕾妮,同时还与西尔维娅逗乐。等到天气好了,看着他们去草地上玩,所有人都看在眼里。

可在这时,马泰奥先生和阿尔图罗直接交锋——正巧兰佐内从柱廊下经过,看到了发生的事情。马泰奥先生对他说,女人是女人,男人是男人。不是吗?阿尔图罗刚刚采了一小把花,他用马鞭敲敲靴子,一边嗅花,一边斜着眼看着主人。"确实如此,"马泰奥先生继续说,"如果教育得好,女人知道什么男人适合她们,而你,她们不想要。你明白了吗?"

阿尔图罗又低声嘀咕了几句什么,真见鬼,她们热情邀请他来这里。当然,一个男人……

"你不是男人,"马泰奥先生说,"只是个下流坯。"

阿尔图罗的故事好像就这样结束了,那个托斯卡纳人也断了来往。可是继母来不及生气,又来了其他男人,更危险的人。比如那两个军官,也就是我单独留在莫拉庄园的那天经过门口的那俩人。有一个月——当时有萤火虫,所以是六月,每天晚上都能看到他们从卡内利出来。他们在大路边上一定有别的什么女人,通常他们从来不走大路来莫拉庄园,只会穿过贝尔波河上的小桥,走过田地、玉米地和草地。我当时有十六岁,开始明白这些事。奇里诺特别讨厌他们,因为他们踩了苜蓿,还因为他记得这些军官在战争期间做的恶。努托就更不用说。一天晚上,他们把那俩人狠狠捉弄了一下。他们在草丛中拉紧一根铁丝,等候着他们经过。那俩人来了，跳过一条沟，觉得已经可以见到两位小姐了，结果一下子摔了个狗啃屎。也许是让他们落进大粪池里更好，可是从那天晚上开始，他们再也不经过草场了。

天气暖和起来了，没有人能管得住西尔维娅了。夏天的晚上，她们从栅栏走出去，陪着两个小年轻在大路上走来走去。他们在椴树林下经过时，我们都伸长耳朵想听他们在说什么。他们四个人一起出去，成双结对回来。西尔维娅挽着伊蕾妮走着，一边笑，一边开着玩笑，和那俩人斗嘴。在椴木的香味中，有时西尔维娅和她的男人走在一起，小声说着话，笑着；另一对走得更慢一点，分开走着，有时还大声与西尔维娅他们说话。我清楚记得那些晚上，在椴树浓烈的花香里，我们这帮仆人都坐在横木上。

24

当时小桑妲只有三四岁,已经长得很招人稀罕了。她像伊蕾妮一样是金发,像西尔维娅的黑眼睛,可她吃苹果时会咬到自己的手,一气之下会乱摘花,或想方设法让我们把她放到马背上,还会踢我们,我们说,这源于她母亲的血脉。马泰奥先生和两个大女儿做事很有耐心,从来不蛮横无理。伊蕾妮尤其安静,她个子很高,穿着白色衣裙,从来不对任何人发火。她根本不会生气,即使是吩咐埃米莉亚做什么事情时,也彬彬有礼,对我们说话时也会正眼看着我们,看着我们的眼睛。西尔维娅也这样看人,但目光更加炽热、邪气。我在莫拉庄园的最后一年,每个月挣五十个里拉,过节时会系上领带,但我明白我来得太晚了,已经来不及了。

但即使是在最后那几年,我也不敢惦记伊蕾妮。努托不会想着她,是因为那时他到处演奏单簧管,在卡内利镇有个女朋友。至于伊蕾妮,听说她和卡内利的一个男的谈着。她们常去卡内利镇子,在店里买东西,把淘汰的衣服送给埃米莉亚。"鸟巢"别墅又一次开门了,有一次晚餐,夫人和几个女儿去了,那天女裁缝从卡内利赶来为她们做衣服。我驾着马车,把她们送到上坡的转弯处,听她们在谈着热那亚的一些房子。她们要我在半夜时去接她们,进到"鸟巢"的院子里接她们,在黑暗中,客人们就不会看见马车坐垫已经破旧了。她们还要我把领带打好,以免丢脸。

可是我在半夜里和别的马车一起进入那个院子时,没人来接应我。从下面看,那栋楼房很高大,在敞开的窗子前有客人的身影经过。我在法国梧桐下面等了一段时间。我已经厌烦了听蛐蛐儿叫——在那上面也有蛐蛐儿。我从马车上下来,向门口走去。在第一间大厅,我看到一个系着白围裙的女孩,她看看我，就走开了，后来她又回来了。我对她说，我到了。她问我想要干什么。我说，莫拉庄园的马车已经准备好了。

有一扇门打开了，我听到许多人在欢笑。在那个大厅里，在所有门上都画着花卉，地面则是大理石镶嵌的图案，熠熠生辉。那女孩进去了一趟，回来对我说，我可以走了，因为等下会有人送夫人和小姐们回去。我到了外面，很后悔没有仔细看那间比教堂还美的大厅。我牵着马，走在嘎吱嘎吱的小石子上，在法国梧桐树下，我仰头看着天空映衬下的树木。从下面看，这些树不再是一片小树林，每一棵就是一片林荫。在栅栏门那里，我点燃一支香烟，顺着那条路慢慢走下来，走过一片竹林，中间夹杂着金合欢和根茎错节的树木。我想土地真是神奇，会长出各种各样的植物。

伊蕾妮的男人一定是在那楼里，我有时听到西尔维娅和她开玩笑，喊她为"伯爵夫人"，我很快从埃米莉亚那里知道了，那男人是个"活死人"，是老夫人众多孙子中的一个，老夫人故意不给他钱花，免得她在世时就把家产败光。这个落魄的孙子，这个小伯爵从来不屑于来莫拉庄园，有时派一个赤脚的小男孩，是贝尔塔家的儿子给伊蕾妮带信，说在路边护栏那里等她一起去散散步，伊蕾妮就去了。我在菜园里给豆角浇水或搭架，听到伊蕾妮和西尔维娅坐在玉兰树下说到这个男人。

伊蕾妮说："他还能怎么办？伯爵夫人很在意的……像他这样的贵公子，怎么能参加火车站的聚会……如果去了，会看到自己和那些仆人在同一个舞池里……"

"有什么不好的？他们在家里不是每天都见面吗……"

"她也不希望他去打猎，他父亲就是打猎时出了事……"

"可是他可以来找你啊，为什么不来？"西尔维娅突然问。

"那他也不来这里找你。为什么不来？要小心，西尔维娅。你肯定他对你说了实话?"

"没人说实话。如果你想听真相,会疯掉的。你可要小心,不要对他说实话……"

"是你和那人见面,"伊蕾妮说,"是你相信他……我只是希望他不像之前那个那么粗俗……"

西尔维娅低声笑了。我不能总是在豆角后面待着,她们迟早会发现的,我挥了一下锄头,伸长了耳朵。

有一次伊蕾妮说:"他也许听到了我们说的话,你不觉得吗?"

"不管他,他只是个伙计。"西尔维娅说。

可是有一次,西尔维娅在哭,她在躺椅上扭曲着身子在哭。奇里诺在柱廊下敲一块铁,我听不到她们说什么。伊蕾妮在她身边,抚摸她的头发,西尔维娅用手揪着头发。"不,不,"西尔维娅哭着说,"我要离开这里,逃走……我不相信,不相信,不相信……"

真该死,奇里诺还在敲,我听不见她们的话。

"上楼去吧。"伊蕾妮拍拍她说,"我们去露台,先别说话……"

"我不在乎,"西尔维娅喊道,"我根本不在乎……"

西尔维娅和克雷瓦尔科雷家的儿子恋爱了,他们家在卡洛索有一些土地,那是一个骑着摩托车的锯木厂主人。他让西尔维娅坐上他的摩托车,在大路上兜风。晚上我们听到摩托车的响声,停下又开走的声音,很快西尔维娅会出现在栅栏门前面,黑色的头发盖住了眼睛。马泰奥先生什么也不知道。

埃米莉亚说,这个男人不是第一个,医生的儿子已经得到她了,在他家里,在他父亲的诊所。

这是一件大家都没搞清楚的事,如果阿尔图罗真的和西尔维娅做了爱,那为什么恰恰在夏季,一切变得更美,更容易幽会时,他放弃了呢?这个摩托车手来了,现在所有人都知道西尔维娅就像疯了一样,跟他一起去芦苇丛里,去河畔,人们说在卡莫镇,在圣利贝拉也见到了他们,有时他们甚至会去尼扎的旅馆。

现在看看西尔维娅，她还是原来的样子，还是那双深色的、灼热的眼睛。我不知道她是不是盼望和这个人结婚。可是这个克雷瓦尔科雷家的马泰奥是个拈花惹草的人，这个伐木头的已经和很多女人有过瓜葛，到处留情，但没人能留住他。"好了，"我想，"如果西尔维娅生个儿子，将会和我一样，是个杂种。我就是这样出生的。"

伊蕾妮也为这事苦恼。她一定是尝试过帮助西尔维娅，她比我们知道更多的事。无法想象伊蕾妮坐在那辆摩托车上，或是和什么人在河岸边的芦苇丛里厮混。桑妲倒是可能会做出这种事，所有人都这么说，等她长大了也会这样。继母什么也不说，只希望她们按时回家。

25

我从来没有看见伊蕾妮像她妹妹一样绝望,但如果有两天时间没人叫她去"鸟巢",她就会焦急地待在花园的围栏后面,带着一本书或刺绣的活儿,与桑妲一起坐在葡萄园里,看着大路。她撑着太阳伞,出发去卡内利时,会看起来很幸福。她和那个切萨利诺,那个"活死人"见面,俩人会说些什么,我不知道。一次我飞快地骑着自行车去卡内利时,隐隐看见他们在金合欢丛中,我感觉伊蕾妮站着,好像正在读一本书,切萨利诺坐在她面前的河岸上,看着她。

有一天,那个穿着靴子的阿尔图罗又出现在莫拉庄园,他在露台下和西尔维娅聊了几句。西尔维娅只是在那里向下看,没有邀请他上去,只是对他说，日子很沉闷，那种低跟鞋子——她抬起一只脚，现在在卡内利能找到了。

阿尔图罗对她挤着眼睛，问她们是不是在弹舞曲，伊蕾妮是不是还经常弹琴。"你去问她好了。"西尔维娅看着松树那边说。

伊蕾妮几乎不再弹琴了。"鸟巢"似乎没有钢琴，老夫人不想看到一个姑娘家费力气弹奏钢琴。伊蕾妮去老夫人家造访时，会带着装着刺绣的包，那是一只用羊毛绣着绿色花的大包，回家时包里会放着老夫人给她看的书。那是在"鸟巢"找到的旧书，封面是皮子的。她则带给老夫人时装画报——那是她每个星期专门让人在卡内利镇买的。

赛拉菲娜和埃米莉亚说，伊蕾妮一心想成为伯爵夫人。有一次，马泰奥先生说："要当心啊，姑娘们。有些老人永远都不会死。"

很难搞清楚伯爵夫人在热那亚有多少亲属，有人说其中还有一个主教。我还听人说，老夫人在家里已经不需要仆人和用人了，孙女孙子就够了。如果是这样,我不明白伊蕾妮还有什么希望。如果她心想事成的话,那个切萨利诺也得和所有人分财产,除非伊蕾妮乐意在"鸟巢"当用人。可是我看着庄园的产业——马厩、干草仓、麦子、葡萄,我想,也许伊蕾妮比他更富有,很可能切萨利诺是图她的嫁妆。这个想法虽然使我愤怒,但也更让我高兴,我觉得伊蕾妮不可能为了野心,就这样把自己豁出去了。

但那时我想,看来她真是恋爱了,她喜欢切萨利诺,宁死也要嫁给那个男人。而我真希望自己能和她聊聊,让她当心,不要和那个没什么用的男人浪费青春,他甚至都不出"鸟巢",伊蕾妮读书时,他却坐在地上。西尔维娅就不会把时间浪费在微不足道的男人身上,她会和一个值得的人在一起。如果不是因为我只是个伙计,不到十八岁,也许西尔维娅也会和我在一起。

伊蕾妮也感到痛苦。那个小伯爵一定还不如娇气的姑娘,他耍小孩脾气,让人围着他转,心怀叵测，打着老夫人的旗号。无论伊蕾妮说什么，或者问他什么，他的回答都是"不"。他说必须听老夫人的，不能出错，必须考虑到他是谁、他的健康、兴趣。现在是西尔维娅在听伊蕾妮的叹息——在她不跑到山上，或不把自己关在房间的短暂时间里。埃米莉亚说，在餐桌上，伊蕾妮眼睛低垂着，而西尔维娅则盯着她父亲，好像在发烧。只有埃尔薇拉夫人干巴巴地说着话，一边给桑妲擦嘴，一边用恶毒的语气，提到她们失去的出嫁机会：医生的儿子、那个托斯卡纳人，提到那些军官，还有其他人，还说起了卡内利镇的一些女孩，她们年纪更小都已经结了婚，现在孩子都要洗礼了。马泰奥先生嘟哝着说他什么都不知道。

西尔维娅的故事在继续，如果她不生气、绝望，她会待在院子里、葡萄园里，看见她，听她说话，真是赏心悦目。有几天她让人为她套上马车，一个人驾着车去卡内利，她像个男人一样驾着车。有一次她问努托是不是要去"好主意"赛马节上演奏，她一心想要在卡内利买副马鞍,学骑马,和别人一样比赛。管家兰佐内向她解释说,拉车的马有些毛病,不能参加赛马。后来大家才知道,西尔维娅想要去"好主意"赛马节,是因为那个马泰奥会去,她是想让他看看,她也会骑马。

我们这些人说,这姑娘最终会穿上男人衣服,跑集市,玩走钢丝。正好在那年卡内利出现了江湖艺人的棚子,那里面有摩托车表演,发出的声音比脱谷机还刺耳。卖票的是个瘦瘦的红头发女人,四十多岁,手指上戴满了戒指,抽着烟。等着看吧,我们说,克雷瓦尔科雷家的马泰奥玩腻了,会让西尔维娅去管理这样一个演出团。有人说,在卡内利,买票时只要把手用某种方式放在柜台上,那红头发女人马上就告诉你可以去找她的时间。到时候你去了,进入那辆挂着小窗帘的大车,可以在麦秆上和她做爱。可西尔维娅还没有到这一步。尽管她像疯了一样,她是因马泰奥而疯狂,她那么漂亮、健康,很多人都愿意马上把她娶回家。

他们做出了一些疯狂的事,她和马泰奥在赛拉乌第家的葡萄园的一间农舍里相会。那房子都快要塌了,建在一条河岸的边上,摩托车不能到那里,他们就步行去那里,随身带着被子和枕头。那个马泰奥既不在莫拉庄园,也不在克雷瓦尔科雷家让人看见他和西尔维娅在一起,这也不是为了保护她的名声,而是为了不承担责任。他知道自己不会承担责任,这样可以挽回面子。

我试图在西尔维娅的脸上看到她与马泰奥在一起的痕迹。那年九月,我们开始收葡萄时,她和伊蕾妮一起像往年一样,来到了白葡萄园里。我看着蹲在葡萄藤下的她,她在找葡萄串的手、腰间的曲线、腰身、垂到眼睛上的头发。她在小路上向下走时,我看着她的脚步,跳跃、掉头的动作。我熟悉她身上的每个细节,从头发到脚指甲,但我却不能说:"看看,她变了,马泰奥改变了她。"她还是那个西尔维娅,跟以前一样。

对于莫拉庄园来说,这次收葡萄是一年最后的快乐。万圣节时,伊蕾妮病倒了,医生从卡内利镇来了,是火车站的那位医生。伊蕾妮得了伤寒,有生命危险。他们把桑妲和西尔维娅送到了阿尔巴城里的亲戚家,免得她们被传染,西尔维娅开始不愿意去,但最终还是屈服了。现在是继母和埃米莉亚在忙碌、奔走,楼上的房间里炉子一直烧着,她们每天给伊蕾妮换两次床单,她在说胡话,医生给她打针,她在掉头发。我们去卡内利给她买药。后来有一天,一个修女进到院子里,奇里诺说:"她怕是扛不到圣诞节。"第二天,神父也来了。

26

　　所有一切，莫拉庄园，我们这些人的生活，现在还剩下什么？对于我来说，许多年里，晚上一阵椴树的香气袭来，我会感觉自己是另一个人，感觉到真正的自己，我也不知道为什么。我一直在想的一件事，有多少人不得不生活在这个山谷里，在世界上也发生了当时发生在我们身上的事，可是山谷里的人不知道，他们没有想过。可能在世界的某个地方有一栋房子、几个姑娘、一些老人、一个小女孩，还有一个努托、一座卡内利、一座火车站，有一个像我一样的人，想要背井离乡去淘金。人们在夏天打麦子，收葡萄，冬天去打猎，有一个露台，一切都像发生在山谷里的事。一切都不可避免。男孩、女人、世界根本就没有变。女人们不再撑着太阳伞，星期天她们去电影院，而不是去集市。人们把麦子交给储备站，姑娘们也抽烟，但生活还是老样子。他们不知道，有一天朝四周看看，对于他们来说，一切都已经过去了。当我从热那亚下船，在一片被战争摧毁的房屋当中，我想到的第一件事就是：每栋房子、每个院子、每个露台对于某个人来说都很重要。比起为物质损失、死者感到惋惜，更令人难受的是：那么多年的生活，这么多记忆，就这样在一夜之间消失，没有留下一丝痕迹。或者不是这样？也许最好一切都在一堆篝火中化为灰烬，重新开始。在美国就是这样，对一样东西、一份工作、一个地方感到厌烦了，人们就换地方。在美国，有时整个镇子，连同小饭店、市政厅和商店都被弃置了，镇子就像一处墓地。

努托不愿意谈到莫拉庄园，可是他好几次问我有没有见过以前的人。他说的是那附近的男孩，那些一起玩滚球游戏、踢足球，一起去小酒馆的同伴，那些曾和我们跳舞的女孩。他知道所有人的去向,做了什么事。现在,我们在萨尔托山的房子里,看见有人在大道上经过时,他就睁着猫一样的眼睛问他:"你还认得这个人吗?"那人通常一脸惊异,他就会兴高采烈地给我们倒酒,会聊起过去的事。有人对我毕恭毕敬,用"您"称呼我。"我是鳗鱼,"我打断他说,"不要客套了。你哥哥、父亲、祖母怎么样了?那条母狗后来死了吗?"

他们变化不大,而我变了。他们记得我做过的事、说过的话、开过的玩笑和打过的架,还有很多我忘记的事。"还有比安卡,"一个人问我,"你记得比安卡吗?"是的,我记得她。"她嫁到罗比尼家了,"他们告诉我,"过得还不错。"

几乎每天晚上,努托都要来天使旅馆找我,把我从医生、书记、宪兵和测量员的圈子中带走,他让我说说这些年的经历。我们像两个修士一样在镇子的草地边上走着,能听到蟋蟀的叫声,吹着贝尔波河的微风。我们小时候从没有在夜晚来过镇子里,那时我们过着另一种生活。

在月亮和黑色的山丘下，努托有一天晚上问我，我是怎么坐上去美国的船的，如果重新回到二十年前，我是不是还会那么做。我对他说，美国其实并不重要，当时我很愤怒，因为我什么都不是，心中充满了狂热。离开并不重要，回来才是关键，就是在所有人都以为我已经饿死了，我却忽然有一天回来了。在家乡我不会搞出什么名堂，会一直是个长工，就像老奇里诺（他也死了很久了，他从干草堆上掉下来摔断了背，躺了一年多后死的）。我应该什么都试试，也好断了念想，我已经过了博尔米达河，那就索性漂洋过海。

"可是坐船远行并不容易，"努托说，"当时还是要有勇气。"

我告诉他，不是因为有勇气，我是逃走的。我应该告诉他当时是怎么回事。

"你还记得我们在木匠铺子里和你父亲谈过的话吗？他那时就说，愚昧的人将永远愚昧，因为那些掌握权力的人，出于自己的利益，并不希望人们知道真相。权力在政府、法西斯党、资本家的手中……莫拉庄园算不上什么,我当了兵,走遍了热那亚的小巷子和造船厂,才明白什么是老板、资本家、军人……那时法西斯当道,这些事情不能说……可是还有别的人……"

我从来没有跟他讲过这些,经历了那二十年,发生了那么多事,和他聊这些已经没有什么用了。我现在都不知道自己应该相信什么。可当时在热那亚,那个冬天我还相信一些东西。有许多夜晚,我们在别墅的温室度过,我和圭多、莱莫、切雷蒂还有其他人在讨论。后来特雷莎害怕了,不愿意让我们进温室去。我对她说,她可以继续做仆人,做被剥削的人,她活该这样,但我们想要坚持抵抗。我们继续在兵营里,在下等酒馆里展开工作。退役之后,我们在船厂找到了工作,晚上上夜校学习技术,在这些地方我们也继续活动。特雷莎现在耐心听我说话,说我在学习,在提高自己,这很好,她在厨房里给我弄吃的。她不再说之前那些话了。可是一天夜里，切雷蒂来了，告诉我说圭多和莱莫被逮捕了，他们在找其他人。这时候特雷莎也没有责怪我，她去找了一个什么人，可能是她姐夫，或者过去的雇主，我不知道。两天之后，他们为我在一条去美国的船上找到了一份体力活。事情就是这样，我对努托说。

"你看，就是这么回事。"他说，"有时只是小时候听过的一句话，即使是从一个老人，从一个像我父亲那样的穷人那里听到一句话，就可以让你睁开眼睛……我很高兴你没有只想着挣钱……那些同伴，他们后来都怎么样了？"

我们就这样走在镇子外的大路上，谈论着我们的命运。我把耳朵伸向月亮的方向，听着一辆马车的刹车在远处吱嘎作响——美国的路上，已经早就听不到这种声音了。我想到热那亚，想到那些生意，我想如果那天早晨我也在莱莫待的造船厂，我的生活会是什么样的。过几天我会回到热那亚的科西嘉路，那个夏天已经结束了。这时候，有人在大路的尘土中跑了过来,像是一条狗。我看到那是个男孩,一瘸一拐朝我们跑来。当我发现那是钦多时,他已经跑到我们跟前了,他抱着我的腿,像小狗一样呜咽着。

"怎么了?"

我们当时不相信他说的,他说他父亲烧掉了房子。"他怎么会,怎么可能?"努托说。

"他烧了房子。"钦多又说了一遍,"他想要杀死我……他上吊了……他烧了房子……"

"也许是油灯打翻了。"我说。

"不不,"钦多喊道,"他杀了罗西娜和外婆。他想杀我,可是我跑了……后来他把干草点着了,还在找我,可是我有刀,他就在葡萄园里上吊了……"

钦多喘息、抽泣着,全身黑乎乎的,身上被划伤了。他在灰尘中坐在我脚上,紧紧抱着我的一条腿,反复说:"爸爸在葡萄园里上吊了,他烧了房子……还有牛。兔子都逃走了,但我有刀……所有东西都烧掉,皮奥拉也看见了……"

27

努托抓着他的肩膀,把他像小羊一样拎了起来。

"他杀死了罗西娜和外婆?"

钦多在发抖,说不出话来。

"他把她们杀了?"努托晃了晃他的身体。

"别问了,"我对努托说,"他已经吓得半死了。为什么我们不去看看?"

这时钦多又抱住了我的腿,根本就不敢回去。"起来吧,"我对他说,"你刚才跑来是找谁的?"

他是来找我的,他不想回到葡萄园里去。他跑去喊莫罗内,还有皮奥拉家的人,他把所有人都叫醒了,他们从山丘上跑了下来。他已经喊人救火了,可他不愿意回到葡萄园里去,他把小刀弄丢了。

"我们不去葡萄园。"我对他说,"我们停在大路上,努托上去看看。你为什么害怕?如果农舍里的人真的都跑出来救火,这时火应该已经灭了……"

我们抓着他的手向前走,从草场上看不到卡米内拉的山丘,被一个山嘴挡住了。一离开主路,拐到贝尔波河上的山坡,从树丛中应该能看到大火,可我们什么也看不见,只看见雾气中的月亮。

努托什么也没说,把钦多的胳膊猛拉了一下,他打了一个趔趄。我们几乎是跑着朝前走,在芦苇丛那里,就已经知道出了事,能听到山丘上有人叫喊,撞击的声音,好像是在砍树。在夜晚清凉的空气中,一股难闻的烟雾飘向了大路。

钦多不抗拒了,他也加快步伐,和我们一样快步走上来,手更用力地抓紧我。在无花果树那里,人们来来往往,说着话。从小路上,在月光下,我已经看见了干草房和牛圈的地方空荡荡的,小房子满是破洞的墙。火光照亮了墙壁,到墙角那里暗了下去,扬起一股黑烟。一股恶臭飘了出来,那是羊毛、肉和粪便烧起来的味道，简直让人无法呼吸，我脚下有一只兔子跑开了。

努托站在打谷场，把拳头放到太阳穴那里，表情扭曲。"什么味道，"他小声说，"什么味道？"

大火已经结束了，所有邻居都跑来帮忙。他们说，有一会儿火焰甚至照亮了河岸，在贝尔波河的水里都看到了火的反光。什么都没被救出来，连房子后面的牛粪都烧着了。

有人跑去喊宪兵队队长，让一个女人到莫罗内家去取喝的，我们让钦多喝了点葡萄酒。他问狗在哪里，是不是也被烧死了。所有人都在讲自己看到的，我们让钦多坐在草地上，他一点一点讲着事情经过。

他不知道是怎么开始的，他下到贝尔波河去了。后来他听到狗在叫，他父亲把牛拴了起来。别墅的夫人和儿子来了，要分豆子和土豆。夫人说，两垄沟的土豆已经挖了，必须补给她，罗西娜喊了起来，瓦利诺在咒骂，夫人进了房子，让外婆也说句话，她儿子盯着那些篮子。他们把豆子和土豆称了，分了收成，但大家都怒气冲冲的。他们把东西装上车，瓦利诺去了镇子。

可是晚上他回来时，黑着脸，开始对罗西娜、外婆嚷嚷，说她们没在豆子绿着时就收了，他说现在夫人吃着本来该属于他们的豆子，老太太在草垫上哭。

钦多当时在门口，做好了逃跑的准备。这时瓦利诺解下皮带，开始抽打罗西娜，就好像是在打麦子。罗西娜扑到桌上，号叫着，双手抱着脖子，后来她发出一声很响的叫喊，那是瓶子砸在身上了。罗西娜揪着自己的头发，扑到外婆身上，抱住她。这时瓦利诺踢了她几脚，能听到断裂的声音——那几脚都踢在肋骨上，他用脚狠踩她，罗西娜倒在地上。瓦利诺又在她脸上和肚子上踢了几脚，罗西娜死了。钦多说，她死了，血从嘴里流了出来。"起来，"他父亲说，"疯女人。"可是罗西娜死了，老太太这时也没动静了。

瓦利诺开始找钦多,他逃走了,从葡萄园里,听不到任何人的声音,只有狗拖着绳子来来回回地跑。

过了片刻,瓦利诺开始喊钦多的名字。钦多说从声音里能听出来,瓦利诺不是要打他,只是在喊他。他打开刀,进到院子里,父亲在门口等着,黑着脸,看到他带着刀,说了声"畜生",想要抓住他,钦多又逃走了。

后来,他听到父亲到处乱踢,咒骂着神父。然后就看见了火焰,父亲手里拿着没有玻璃罩的灯出来了,他在房子周围跑,点燃了干草房,麦秆,把灯朝窗子扔了过去。刚才他打罗西娜的房间已经满是火了,两个女人没有出来,他好像听到了哭声和叫喊声。整个农舍已经烧起来了,钦多不能下到草场里,因为那里明晃晃的,像白天一样,父亲能看到他。狗疯了一样在吠叫着,拉着绳子,兔子逃走了,牛也在圈里烧死了。

瓦利诺跑进葡萄园找他,手里拿着绳子。钦多一直紧紧握着刀,逃到了河岸边,他藏在那里,仰头看着火光已经把树叶照亮了。

在那里也能听到火焰的声音,就像是灶火,狗一直在吠叫,整个河岸像白天一样亮。钦多再也听不到狗叫和别的声音时,他好像忽然醒来,不记得自己在河岸上做什么。他慢慢朝核桃树走去,紧紧抓住打开的刀,注意着各种声音和火光。在核桃树的树冠下,他在火光里看到了父亲悬空的双脚,还有躺在地上的小梯子。

他必须向宪兵队队长再讲一遍这一经过,宪兵让他看躺在一个袋子下死去的父亲,确认是不是他。他们在草场上找到了一堆东西:镰刀、小推车、小梯子、牛的口络和一只筛子。钦多找他的小刀,他问所有人有没有看到刀子,在带着皮肉烧焦的烟雾中咳嗽着。人们说会找到的,说是锄头、铁锹,等到火熄灭了都能找到。我们把钦多带到马拉内家里,那时已经差不多是早上了。其他人不得不在灰烬里寻找两个女人的残骸。

在马拉内的院子里，没人睡觉。门开着，厨房里亮着灯，几个女人给我们端来喝的。男人们坐下来吃早餐。天气凉爽，几乎有些冷，我厌倦了说话、讨论。所有人都在说同样的事。我和努托在院子里走动，头顶上还有最后几颗星星，在有些发紫的空气中，我往下看，看到平原上的树林，河水的波光，我已经忘了黎明是这样的了。

努托弯着腰，眼睛看着地面在走。我突然对他说，我们应该照顾钦多，之前我们就该帮他。他抬起肿着的眼睛看着我，我觉得他像是在梦游。

接下来的一天，发生了几件让人气愤的事。我在镇子里听说，夫人为她的财产损失而光火，既然钦多是那个家唯一活着的人，她要求钦多赔偿她，付钱给她，要把他关进监狱。听说她到公证人那里去咨询，公证人不得不跟她说了一个小时，她又跑到神父那里去说。

神父做得更绝，瓦利诺犯了致命的罪过，神父拒绝在教堂里为他祝福。人们把他的棺材放在门外的台阶上,这时神父在教堂里,对着装在口袋里的两个女人的黑色骨头小声祈祷着。一切都在黄昏时偷偷进行的,马拉内家的那几位老太太,头上戴着面纱,陪着死者走到墓地,一路上采了些路边的雏菊和三叶草。神父没有去墓地,他再三思量,觉得罗西娜也生活在致命的罪孽中。可这话只有一个老裁缝这么说,那是个多嘴的老太太。

28

伊蕾妮那个冬天没有死于伤寒。我记得,伊蕾妮处于危险的那段时间,我在马厩里或在雨中犁地,努力不亵渎神灵,尽量想好的事情——赛拉菲娜告诉我们要这样做,就是希望能帮助她。可是我不知道我们是不是帮了她,也许她在神父来祝福的那天死去会更好。一月,她终于能出门了,她极度消瘦,坐着两轮马车去卡内利做弥撒。那个切萨利诺早就去了热那亚,根本就没有问过,或是让人打听过哪怕一次她的消息,"鸟巢"也关门了。

西尔维娅回来时也特别失落,可是据大家说,她没那么痛苦。西尔维娅已经习惯了那些薄情的男人,知道怎么应对,让自己恢复过来。

她的马泰奥与另一个女人好上了。西尔维娅

没有在一月从阿尔巴城回来,以至于在莫拉庄园,大家说她不回来是有原因的,当然是怀孕了。那些去阿尔巴市场的人说,克雷瓦尔科雷家的马泰奥有些日子骑着摩托车,像子弹一样从广场上或咖啡店前经过。从来也没有看见西尔维娅坐上他的车子扬长而去,或者看到他们见面。西尔维娅不能出门,因此她怀孕了。事实是,当她在天气好了之后回家时,马泰奥已经找了另一个女人,是圣斯蒂法诺咖啡店老板的女儿,他们一起过夜。西尔维娅牵着桑妲的手,从大路上回家——没人去火车站接她们,她们在花园里停下,抚摸最早开的玫瑰。她们小声说着话,就像是母女一样,因为走了路,脸红扑扑的。

这时瘦弱又憔悴、眼睛一直低垂着的人是伊蕾妮。她就像在收葡萄之后长在草场上瑟瑟发抖的小花,或是长在石头下的草,她把头发包在一块红色头巾里,露出颈子和赤裸的耳朵。埃米莉亚说,她的相貌、头发已经恢复不到以前的样子了。现在家里的金发美女是桑妲，她会比伊蕾妮更美。桑妲已经懂得展示自己的美了，她有时会站在篱笆后面，让路上的人看见她，或是来到院子里，和我们在一起，在田间小路上与女人闲谈。我问她们在阿尔巴做了什么，西尔维娅做了什么。她如果心情好，就说她们住在教堂对面，一幢铺着地毯的漂亮房子里，有时会有一些太太和男孩女孩来家里做客，大家一起玩，吃点心。后来有一天晚上她们和姨妈、尼科莱托一起去戏院，大家都穿得很漂亮，女孩都到修女那里去学习，来年也许她也要去。关于西尔维娅在那里怎么度日，我没能知道多少，肯定没少和那些军官跳舞，她从来都没有生过病。

西尔维娅回来之后，之前那些年轻人、闺中好友又开始到莫拉庄园来找她。那年努托去当兵了，我已经是个男人了，管家再也不会抽我一皮带，或有什么人说我是杂种。那周围的许多人都认识我，我在晚上经常出去，和比安卡谈恋爱，夜里回来。

我开始明白许多事，椴木和金合欢的气味对于我也有了意义，我知道女人是怎么回事，知道为什么跳舞的音乐会让我像狗一样在田野里骚动。卡内利之外，远处山丘上的那扇窗户，暴风雨从那里开始，晴天也先降临到那里，早晨它会显露出来。那一直是火车冒着烟，去热那亚的大路会经过的地方。我当时知道，两年后我也将要登上那列火车，像努托一样去当兵。在聚会时，我开始拉帮结派，和那些会和我一起服兵役的人唱歌、喝酒，谈论我们的想法。

西尔维娅又陷入了疯狂，阿尔图罗和那个托斯卡纳人又在莫拉庄园出现了，可她根本不拿正眼看他们，她爱上了卡内利的一个会计师，在"合约"公司工作的。他们似乎会结婚，好像马泰奥先生也同意了。那个会计师骑自行车来莫拉庄园，他是圣马尔扎诺的一个金发青年，总给桑妲带牛轧糖。可是一天晚上，西尔维娅不见了，第二天才回来，带着一捧花。事实上，西尔维娅在卡内利不仅有那个会计师，还有个英俊的男子，懂法语和英语，从米兰过来，高个子，头发灰白，是个有钱人，听说他买了些土地。西尔维娅在熟人的一栋别墅里见到他，他们在那里喝下午茶。那一次他们是在别墅里吃晚餐，她到第二天早晨才出来。会计师知道了这事，想要杀人。可是那个路易去找他，对他说话像教训孩子一样，事情就这么收场了。

这个男人大概有五十岁，有几个孩子，已经都长大了。我只是远远看见过他，但对于西尔维娅来说，他比克雷瓦尔科雷的马泰奥更糟糕。不论是马泰奥、阿尔图罗还是其他人，都是我可以理解的人，是在周围长大的年轻人，也许不怎么好，但算是和我们一样的人，和我们一样喝酒，说笑。可是这个米兰人，这个路易，没人知道他在卡内利做什么。他给白十字会医院送午饭，和市长及法西斯党部是好朋友，造访各家工厂。他一定是向西尔维娅许诺，要带她去米兰，不知道要带她去什么地方，远离莫拉庄园和那些山丘。西尔维娅已经为之疯狂，她在体育咖啡馆等他，他们会坐着支部书记的汽车，去逛各个别墅、城堡，一直到阿奎伊。我想路易对于她，可能就像她和她姐姐对于我来说所代表的东西，也是后来热那亚或美国所代表的。那时候我已经懂得了男女之事，可以想象他们在一起的情景、他们说的话。他会对她说到米兰、剧院，说到有钱人和赛马，而她眼神专注，热情地听着，假装什么都知道。那个路易总是穿得像裁缝店的模特，嘴上叼个小烟斗，镶着金牙，戴着金戒指。一次西尔维娅对伊蕾妮说——埃米莉亚听到的，他去英国了，还要回来的。

终于有一天，马泰奥先生对着妻子和几个女儿大发脾气。他叫喊着说，他厌倦了她们拉长的脸，深夜才回来，以及周围那些像苍蝇一样的男人。他在晚上从来不知道感谢谁，早上遇到一些说风凉话的熟人。他责骂继母，责骂那些游手好闲的人，还有娼妇一样的女人。他说，至少桑妲他要自己带，如果有什么人娶她们，就出嫁好了。她们现在赶紧嫁出去，不要烦他了，去阿尔巴也好。可怜的男人，他老了，再也控制不了自己，也不能掌控局面。管家兰佐内也发现了这一点，他账目都算不对了，我们所有人都觉察到了。他发脾气的结果就是：伊蕾妮红着眼睛上了床；埃尔薇拉夫人抱着桑妲，对她说不要听这种话；西尔维娅耸耸肩，一整夜和第二天都没回家。

后来路易的故事也结束了，人们知道他逃走了，留下大笔的债务。可是西尔维娅这次像只猫一样不得安宁，她去了卡内利法西斯党部，去了书记的家，去他们先前玩乐、睡觉的那些别墅，她折腾了很久，终于知道他人在热那亚。于是她带着一些金子和找到的一些钱，坐上了去热那亚的火车。一个月后，马泰奥先生去接她——还是警察局告诉他人在哪里。西尔维娅是成年人了，他们不能把她遣送回家。她在布里尼奥莱火车站的长凳上挨饿，她没有找到路易，没有找到任何人，她想要冲到火车下面去。马泰奥先生让她平静下来，对她说这是一场病，一场不幸，就像她姐姐的伤寒一样，还说所有人都在莫拉庄园等着她。他们回家了，但这一次西尔维娅真的怀孕了。

29

在那些天传来了另一个消息:"鸟巢"的老夫人死了。伊蕾妮什么也没有说,但能看出来她很激动,脸上有了血色。现在切萨利诺可以自己做主了,很快就会看到他是个什么人。流传着很多声音,有人说继承人就他一个,有人说继承人有许多,有人说老夫人把所有财产都留给了主教和修道院。

然而一个公证人来看"鸟巢"和那些土地,他不和任何人说话,甚至都没有和托马西诺说话。他吩咐那些仆人干活、收获、播种,对"鸟巢"的财产做了清点。当时放假回家收麦子的努托在卡内利知道了这一切:老夫人把财产留给了一个侄女的子女,根本没有留给小伯爵,她指定公证人为监护人。就这样,"鸟巢"继续关闭着,切萨利诺不回来了。

那些日子，我一直和努托在一起，我们谈了许多事：热那亚、士兵、音乐和比安卡。他抽着烟，也让我抽，他问我怎么还没厌倦踩着垄沟在地里干活，世界很大，所有人都能找到位置。对于西尔维娅和伊蕾妮的事，他耸耸肩，什么也没有说。关于"鸟巢"的变故，伊蕾妮也没说任何话，她依然苍白消瘦，和桑妲坐在贝尔波河岸上。她把书放在腿上，看着那些树木。星期天，她们头戴着黑面纱去做弥撒：继母、西尔维娅，几个女人一起去。在那么长时间之后，一个星期天，我又听到了钢琴声。

上一个冬天，埃米莉亚借给我一本伊蕾妮的小说，是卡内利一个姑娘借给她的。很长时间以来，我就想听从努托的建议，学些东西。我不再是个小男孩，满足于晚饭后坐在横木上，听人说星星和圣徒的节日。我靠近火光读了这些小说，也是为了学习。故事讲的是些女孩的遭遇，她们有监护人、姨妈，有敌人，那些敌人把她们关在有花园的美丽别墅里，有送信的女仆，也有投毒、偷走遗嘱的女仆。后来来了一个英俊的男人——一个骑马的男人，他亲吻了这个女孩。夜里，这个女孩透不过气来，她来到花园里，后来被人带走了。第二天，她在伐木工的小房子里醒来，英俊的男子来这里救她。或者故事开始时是一个男孩在树林里闲逛，他是城堡主人的私生子，城堡里发生了一些凶杀、投毒案，男孩受到控告，被投入监狱，但后来一个白发神父救了他，使他和另一座城堡的女继承人结了婚。我发现，那些故事我很久以前就知道了，在卡米内拉山，维尔吉利亚已经向我和朱莉娅讲过了。那是金发美女的故事，她像死人一样睡在树林里，一个猎人亲吻了她，救了她。还有长着七个头的魔法师的故事，有个女孩爱上他，他就变成英俊的年轻人——一个王子。

　　我喜欢这些小说，可是伊蕾妮、西尔维娅也会喜欢这些故事吗？她们都是有钱人家的小姐，从来不认识维尔吉利亚，也没有扫过牛圈。我明白，努托确实是对的。他曾说过,生活在一个破窝棚或一座宫殿里,大家都一样,到处的血都是红的,所有人都希望自己有钱,有人爱,期望发财。那些夜晚,从比安卡家回到金合欢树下,我感到很满足,吹着口哨,已经不再想着跳上火车离开了。

埃尔薇拉夫人又请阿尔图罗用晚餐了,这一次他变聪明了,没有带那个托斯卡纳朋友。马泰奥先生不再反对。西尔维娅还没有说,她从热那亚回来时是什么状况,莫拉庄园的生活似乎陷入了通常的沉闷。阿尔图罗马上向伊蕾妮献殷勤,西尔维娅的头发盖住眼睛,现在用一种带着讥笑的目光看着他,可当伊蕾妮去弹钢琴时,她就会突然离开,去倚在露台栏杆上,或在田野里散步。她再也不用太阳伞了,现在女人都露着头到处走了,在太阳下也一样。

伊蕾妮对阿尔图罗根本没兴趣,她温顺而冷淡地对待他,陪着他走到花园里和栅栏门边,几乎不说话。阿尔图罗一直是老样子,他挥霍了他父亲的其他钱,还向埃米莉亚挤眉弄眼,可是所有人都知道,除了玩牌和打靶,他一文不值。

是埃米莉亚告诉我们,西尔维娅怀孕了。她比她父亲,以及比所有人都先知道这事。马泰奥先生得到消息的那个晚上——这是伊蕾妮和埃尔薇拉夫人告诉他的,他没有叫喊,而是诡异地笑了起来,把手放在嘴上。"现在,"他从手指间冷笑道,"你们得给孩子找个父亲。"可是他要站起来,进到西尔维娅的房间里时,他一阵头晕,跌倒了。从那天起,他就一直半瘫痪着,嘴歪着。

马泰奥先生能下床走几步时,西尔维娅已经事先准备好了。她到卡斯蒂利奥莱的一个助产婆家去,让人给她堕胎。她没有对任何人说,大家两天后才知道她曾经去了那里,因为火车票还在她的口袋里。她带着黑眼圈和死人般的脸色回来了,她躺在床上,把床弄得满是血。她死了,没有对神父,也没有对任何人说一句话,只是低声喊着"爸爸"。

为了给西尔维娅送葬,我们采了花园里和周围农舍所有的花。当时是六月,有许多花。她被埋葬了,没有让她父亲知道。可是他听到了神父在旁边房间里念祷词,他害怕了,竭力说自己还没有死。他后来由埃尔薇拉夫人和阿尔图罗的父亲扶着出门,来到露台上,他的眼睛上遮着一顶帽子,待在太阳下,不说话。阿尔图罗和他父亲总是在这里,轮换着照顾他。

现在看不上阿尔图罗的人是桑妲的母亲。老头病了,她不再愿意伊蕾妮结婚,带走嫁妆了。最好是她一直留在家里当桑妲的教母,这样有朝一日,小女儿就是所有这一切的主人了。马泰奥先生不再说任何话,他能把勺子放进嘴里就很了不起了。现在庄园与管家还有我们这些下人的账,都是夫人在管,她什么事情都会过问。

可是阿尔图罗很能干,他强加了进来。现在伊蕾妮能找到丈夫,这都是他的恩惠,因为在西尔维娅的事之后,人们说莫拉庄园的姑娘都是婊子。他不这样说,他满脸严肃地过来,陪着老头,用我们的马去卡内利办事。星期天,在教堂里给伊蕾妮的手洒水。他总是穿着深色衣服出现,再也不穿靴子了,而且会带着药过来。在结婚前他就已经从早到晚在家里了,还在地里乱转。

伊蕾妮为了离开家,才接受了他,也为了不再看到山上的"鸟巢",不再听到继母抱怨和吵闹。她十一月和他结了婚,是在西尔维娅死后一年。由于新近的丧事,也因为马泰奥先生几乎不再说话了,他们没有举行盛大的婚礼。他们出发去了都灵,埃尔薇拉夫人向赛拉菲娜、埃米莉亚发泄私愤:她说她永远无法相信,自己对伊蕾妮亲如己出,但她却那么忘恩负义。在婚礼上最美、穿着丝绸衣服的人是桑妲,她只有六岁,可看起来好像她是新娘。

我在那个春天当兵去了,莫拉庄园的一切对于我不再重要。阿尔图罗回来之后,开始在家里发号施令,他卖掉了钢琴,卖掉了马和一些牧场。伊蕾妮原来以为要去一个新家里生活,现在重新围着父亲转,照顾他。阿尔图罗经常在外,他重新开始赌博、打猎，请狐朋狗友吃饭。第二年我从热那亚回去休假的唯一那次，伊蕾妮的嫁妆——莫拉庄园的一半已经被卖掉了。伊蕾妮住在尼扎的一个房间里，阿尔图罗经常打她。

30

我记得一年夏天的星期天,那时西尔维娅还活着,伊蕾妮还年轻。我当时应该十七八岁,开始在各个镇子转。那是九月的第一天,有"好主意"赛马节。西尔维娅和伊蕾妮没去,因为要请人喝茶,朋友来拜访。我不知道当时是因为什么原因,可能是因为衣服,还是什么原因生气了,她们没和平常的同伴在一起。她们躺在躺椅上,看着鸽楼上的天空。那天早晨我仔细洗了脖子,换了衬衣和鞋子,我从镇子里回来想吃口东西,然后骑自行车出去。努托从前一天开始已经在赛马节了,因为他要演奏舞曲。

西尔维娅从露台上问我去哪里,她看上去很想聊天。她时不时会这样对我说话,脸上带着漂亮姑娘特有的微笑,在那些时刻,我觉得自己不再是仆人。可是那天我很着急,有些如坐针毡。"你为什么不驾上马车?"西尔维娅对我说,"可以早点到。"然后她向伊蕾妮喊道:"你不去赛马节看看吗?鳗鱼带我们去,帮我们看着马。"

我不怎么喜欢这个安排,但我必须接受。她们下了楼,带着装点心的小篮子、太阳伞、毯子。西尔维娅穿着一条花裙子,伊蕾妮穿着白裙子,她们穿着高跟鞋,上了车之后,打开了阳伞。

我已经仔细洗了脖子和后背,在太阳伞下,西尔维娅离我很近,身上有一股花香味。我看见她粉色的、小小的耳朵,戴耳环的耳洞,白色的脖子,后面是伊蕾妮的金发。她们谈着那些来找她们的小伙子,批评取笑他们,有时还看着我,让我不要听她们说的话,她们在猜测谁会去看赛马。马车开始上坡时,我下到地上,让马不要太累,西尔维娅抓着缰绳。

我一边走,她们一边问我某栋房子、农舍或者钟楼是属于谁的，我知道地里葡萄的品质，却不知道那些主人是谁。我们回过头来看卡洛索镇的钟楼，我指出莫拉庄园在什么地方。

然后伊蕾妮问我是不是真的不认识我父母。我回答说不认识，但我照样生活很安心。就在这时，西尔维娅从头到脚严肃地看着我，她对伊蕾妮说我是个帅气的小伙子，根本不像是这地方的人。伊蕾妮为了不伤害我，说我肯定有一双漂亮的手，我立即把手藏了起来。她也像西尔维娅一样笑了。

她们开始谈到她们的烦恼和衣服，我们到了"好主意"赛马节，车子停在树下。

那里乱糟糟的，有许多牛轧糖的摊子、小旗子、马车和打靶的游戏，时不时能听到射击的声音。我把马带到法国梧桐的树荫下，那里有系马的栏杆，我卸了马，给马放了些干草。伊蕾妮和西尔维娅喊道："在哪里赛马，在哪里？"时间还早，她们开始找她们的朋友。我不得不看着马，顺便看一眼集市。

时间还早，努托还没开始演奏，但在空中能听到各种乐器在试音，有高音、叹息、开玩笑的声音，每个人都在试自己的乐器。我找到了努托，他正和赛拉乌第家的几个小伙子在喝汽水。他们在教堂后面的空地上，从那里可以看到对面的整个山丘，看到白葡萄园、河岸，一直到远处树林里的农舍。参加"好主意"赛马节的人都是从那上面下来的，从那些最偏僻的打谷场，或者更远的地方来了，从那些小教堂，比芒戈更远的村子，那些村子只有羊肠小道，从来都没人经过。他们坐着运货的大马车、邮车，骑自行车或步行来到集市上。到处都是姑娘、走进教堂的老太太，还有朝上观看的男人。有一些绅士、穿得很漂亮的姑娘、系着领带的小男孩——他们在教堂门口等着参加圣礼。我对努托说，我和伊蕾妮、西尔维娅一起来的。我们看到她们在朋友中谈笑风生，那件花裙子确实最美。

　　我和努托一起去小酒馆的马厩里，看参加比赛的马。火车站的比扎罗把我们挡在门口，要我们守着门，不让人进来。他和另一些人打开酒瓶的塞子，半瓶酒都倒在了地上。但他们打开酒不是为了喝，他们把还在嘶嘶作响的气泡酒倒进一个碗里，让那匹颜色像黑莓的"拉约洛"舔，马喝完了，他们用鞭子打了马的后腿，好让它醒过来。"拉约洛"像只猫一样垂下尾巴，用蹄子猛踢。"别说出去，"他们对我们说，"你们会看到，旗子属于我们。"在这个时刻，西尔维娅和那些小伙子来到门口。"你们现在就喝上了？"一个笑嘻嘻的胖子说，"你们替马跑吧。"

比扎罗笑了起来，用一张红帕子擦了擦汗。"应该让这些小姐去骑，"他说，"她们比我们轻。"

努托去为圣母仪式演奏。他们在教堂前排成一排，圣母像这时候抬出来了。努托朝我们挤了挤眼，吐了一口口水，用手擦擦嘴，含住了单簧管。他们奏起一首曲子，应该从芒戈都能听到。

我喜欢那片小广场，在那些法国梧桐当中，听着喇叭和单簧管的声音，看着那些跪下的人、跑着的人。圣母像由几个做法事的人抬在肩上从正门出来，然后是神父、穿着白罩衣的男孩、老夫人、绅士、香火、太阳下举着的蜡烛、鲜艳的裙子、姑娘们。那些摆摊卖牛轧糖的、打靶的、套圈游戏的男男女女也来了，所有人都在法国梧桐下，仰望圣母。

圣母像在那片广场上巡回一圈，有人放了鞭炮。我看见金发的伊蕾妮捂着耳朵。我很高兴是我用马车把她们带过来，和她们一起参加这个节日。

我中途去看了一下马，把干草放到马嘴下，停下来看着马车上的毯子、围巾和小篮子。

然后是赛马，这时马来到大路上，音乐重新奏起来。我的眼睛一直在寻找着那条花裙子，还有白裙子，我看到她们有说有笑，如果能成为她们身边的那些年轻人中的一个，带她们去跳舞，我当时愿意付出任何代价。

赛马在法国梧桐树下经过了两次，上坡和下坡，发出的声音就像贝尔波河发大水的声音。一个我不认识的年轻人骑着"拉约洛",他弯着腰低着头,在玩命地甩鞭子。我站在比扎罗的身边,他咒天骂地,有一匹马一步没踏稳,像个口袋一样一头栽了下去,他高喊了一声"万岁"。"拉约洛"抬起头跳起时,他又骂了一句,从脖子上扯下汗巾,对我说:"你这个杂种。"赛拉乌第家的兄弟们跳着舞,像山羊一样用头顶着对方,另一边的人们开始发出喊声。比扎罗扑倒在草地上,翻了一个跟头,他个头太大了,头撞在地上。所有人都在叫喊,内伊韦镇的一匹马赢了。之后,我看不到伊蕾妮和西尔维娅了。我到打靶和纸牌游戏的摊子前转了转,到小酒馆听那些马的主人吵架,他们一瓶接一瓶地喝酒,本堂神父竭力让他们有话好好说。有人唱歌,有人咒骂,有人已经在吃萨拉米香肠和奶酪了。当然,姑娘们不会来这个院子。

这时,努托的乐队已经在舞台上开始演奏了。在晴空中,能听到音乐和欢笑声,夜晚凉爽而明亮。我在那些棚子后面转着,看到挡风的帆布收了起来,年轻人开玩笑、喝酒,有人掀起货摊上那些女人的衬裙。孩子们互相喊叫,抢着牛轧糖,吵吵闹闹。

我去看人们在帐子下的舞台跳舞。赛拉乌第家的兄弟已经在跳了,他们的姐妹们也来了,可我只是停在那里看,在寻找那条花裙子和那条白裙子。我看见她们在电石气灯的亮光处,和那些年轻人抱在一起跳舞,能看到她们的肩膀和脸,音乐响起来,带动着她们的身体。如果我是努托就好了,我想。我去了努托的那帮人中间,他让人给我的杯子斟满酒,就像我也是乐手一样。

后来,西尔维娅找到躺在草地上的我,马嘴就在我头顶。我躺在那里,在法国梧桐树当中数着星星。突然在我和天穹之间,我看见她欢快的脸、花裙子。"他在这里睡觉!"她喊道。

我马上站了起来,那些年轻人吵吵闹闹,希望她们继续留在那里玩。远处,教堂后面,一些姑娘在唱歌。他们中的一个提出要步行送她们回去,可是还有别的姑娘,她们说:"那我们呢?"

我们在电石气灯的灯光下出发了,在黑暗中有一段下坡路,我慢吞吞地走着,听着马蹄发出的声音,教堂后面的合唱一直在继续。伊蕾妮披上了一条围巾,西尔维娅一直在谈论着遇到的人、那些跳舞的人、夏天,她笑着批评所有人。她们问我有没有女朋友。我说我一直和努托在一起,看他们演奏。

后来,在快到转弯处时,西尔维娅安静下来,有一会儿她把头放在我肩上,对我微笑一下,问我能不能在赶车时靠着我。我抓着缰绳,看着马耳朵。

31

努托把钦多带回自己家里,让他学点木匠手艺,也教他演奏。我们说好了,如果这孩子机灵,到时我会为他在热那亚谋份差事。另一个要决定的是:把他带到亚历山德里亚的医院,让医生看看他的腿。努托的妻子抗议说,萨尔托的家里已经有太多人了,还有伙计和匠人,再说她也照顾不过来。我们说,钦多很懂事。可我还是把他拉到一旁,跟他交代说,这里要小心,这里不像卡米内拉山的路,在木匠铺子前面,有来往卡内利镇的汽车、大卡车、摩托车,过马路时要先看看。就这样,钦多找到了一个可以生活的家,而我要在第二天出发去热那亚。我在早晨经过萨尔托,努托对我说:"你要走了,不回来收葡萄了?"

"也许我要登船远行,"我对他说,"明年过节时,我会回来。"

努托噘了噘嘴,那是他常做的表情。"你待的时间太短了,"他对我说,"我们还没有聊什么呢。"

我笑了说:"我还为你找了个儿子……"

我们从桌边站起身,努托下了决心,他抓起外套,看了看上面。"我们过河去吧,"他小声说,"这是你的家乡。"

我们沿着一条林荫道向前走,穿过了贝尔波河上的便桥,走在了金合欢当中卡米内拉山的路上。

"我们不看看那座房子吗?"我说,"瓦利诺也是上帝的子民。"

我们走上小路。那座房子已经烧成了骨架,只有黑漆漆的墙壁,在葡萄树的上方可以看到核桃树,非常高大。"只有树木留了下来,"我说,"虽然瓦利诺一直在费力修剪……河岸还是胜出了。"

努托没有说话,看着满是石头和灰烬的院子。

我在那些石头间转着,地窖的出口也找不到了,已经被瓦砾堵住了。在河岸上,很多鸟发出嘈杂的叫声,有些鸟在葡萄藤上自由飞翔。"我要吃个无花果,"我说,"没人会损失什么。"我摘了无花果,那种味道很是熟悉。

"别墅的夫人,"我说,"也许会让我们把无花果吐出来。"

努托不声不响,看着山丘。

"这些人也死了。"他说,"自从你离开莫拉庄园,死了多少人。"

我坐在院子里的横木上,还是原来的那根。我对他说,在所有死去的人中,我最不能忘记的是马泰奥先生的几个女儿。"不说西尔维娅了,她死在家里。可是伊蕾妮和那个浪子……受着罪,之前也受着罪……还有桑妲,不知道她是怎么死的……"

努托在玩着石子,看了看山上。"你愿不愿意到卡米内拉山上去?走吧,时间还早。"

我们出发了,他走在前面,走在葡萄园间的小路上。我又认出了那片白色的土地，干巴巴的，小路上被踩过的草有些打滑。山丘和葡萄园那种粗粝的气息我很熟悉，在太阳底下，已经有了葡萄收获时的味道。天空中有一道道风的痕迹，那是被拉长的白云，就像在黑暗的夜晚漂浮在星星后面的白色河流。我想，明天我会回到热那亚的科西嘉路上，那时我意识到，大海也有着风的形状和波纹。我小时候看着云朵和银河时，不知不觉中已经开始了我的行程。

努托在崖边上等着我，他说："你没有见过二十岁时的桑妲，很值得看，特别值得。她比伊蕾妮更美，眼睛像罂粟花心一样……可是她是个母狗，一个无与伦比的荡妇……"

"她怎么可能是那个下场……"

我停下来，看着脚下的山谷。我小时候从来没上到过这里，上面可以远远看到卡内利的房子、火车站，还有卡拉芒德拉纳的黑色树林。我明白，努托就要告诉我一些事。不知道为什么，我想起了赛马节。

"以前，我和西尔维娅、伊蕾妮驾车去看过赛马节。"我聊起了陈年旧事，"那时我还很年轻。从那上面能看到很远的村子、农场、院子，还有窗户上面的绿色。那时有赛马节，所有人都为之疯狂……现在我根本想不起来谁赢了。我只记得，山上的农舍和西尔维娅的裙子，粉色和紫色的花……"

"我有一次也陪桑妲去了集市，"努托说，"那是布比奥的集市。有一年，只有我去演奏时她才来跳舞。那时她母亲还活着……她们还住在莫拉庄园……"

他转过脸说："走吗？"

他领着我走向高处，他时不时看看周围，再找一条路。我想，一切都是老样子，一切都在重复。我仿佛看到努托驾着马车，带着桑妲经过那些山村，去参加节日的集市，就像我曾带着她的两个姐姐。在葡萄园上的凝灰岩中，我看到了第一个小洞穴，人们把锄头放在那里，有时山洞里有泉水，在阴凉处，在水上长着铁线蕨。我们穿过一片贫瘠的葡萄园，园里满是蕨类植物，还有那些黄色小花，就像是山里长的那些花茎很硬的黄花——我知道人们把这种花嚼碎了，涂在擦破的皮肤上，可以帮助伤口愈合。山丘一直在往上延伸，我们已经走过好几个农舍，到了野地里。

"真应该告诉你，"努托突然说，他并没有抬起眼睛，"我知道她是怎么被杀死的，我当时也在场。"

他走上了一条比较平坦的小路，那是一条围着一个山包转的路。我什么都没说，让他接着说。我看着路，一只鸟或大胡蜂飞过来时，我会轻轻躲开。

曾经有一段时间，努托说，他去卡内利镇，走过电影院后面的那条路时，会向上看看那些小窗帘是不是在动。人们说了桑妲的很多闲话。那时尼科莱托已经在莫拉庄园了，桑妲受不了他。母亲刚一死，她就跑到了卡内利，找了个房间，当了小学老师。但以她的性格,她很快就在法西斯党部找了个职位,有人说她找了个军官,有人说是个市长或书记,提到了那周围很多臭名昭著的恶棍。她金色的头发,那么精致,适合坐上汽车到乡下去转转,去各个别墅里,在那些权贵家里吃晚饭,去阿奎伊的温泉疗养所,但她却和那帮人混在一起。努托路上尽量躲着她,可从她窗下经过时,会抬起眼睛看窗帘。

后来随着一九四三年夏天的到来,桑妲的好日子也结束了。努托一直在卡内利打探消息,带消息回去,他再也不抬头看那道窗帘了。有人说,桑妲和她的分队长逃到亚历山德里亚去了。

九月来了,德国人回来了,战争回来了。士兵回到家里躲藏起来,他们乔装打扮,挨着饿,赤着脚,法西斯整夜开枪。所有人都说:"早知道会这样。"傀儡社会共和国开始了。有一天,努托听人说桑妲回到了卡内利,恢复了在法西斯党部的工作。她在醉酒后和黑色旅的人上床。

32

努托不相信。一直到最后,他都不相信这事。他有一次看到她在桥上走过,她从火车站出来,穿着一件灰色的皮草和一双软底的鞋子,眼睛因为寒冷而泛着光。她拦住努托。

"萨尔托那边怎么样了?你还演奏吗?……哦,努托,我担心你也在德国……那边一定很苦……他们放过你们了吗?"

在那个时期,穿过卡内利是件冒险的事,有巡逻队、德国人。如果不是打仗的话,一个像桑妲那样的姑娘,是不会在路上和一个努托那样的男人说话的。他那天并不安心,只用"是"和"不"回答她。后来,努托又在体育咖啡馆看见她了,桑妲走出门口时喊了他。努托看着那些出入咖啡馆的脸,但那是个平静的早上,一个阳光灿烂的星期天,人们去做弥撒。

"我那么小时,你就认识我。"桑妲说,"你相信我。卡内利有些坏人,如果可能的话,他们会烧死我……他们不希望一个姑娘过一种不是傻瓜的生活。他们也许希望我和伊蕾妮下场一样,希望我吻一只打我耳光的手,可是我会咬那只打我的手……一帮小人,连做流氓的本事都没有……"

桑妲抽着在卡内利找不到的香烟,她把烟递给努托。"拿着吧,"她说,"全拿去,你们山上的人多……"

"你看,"桑妲说,"我曾经认识一些人,做了些疯狂的事。我经过时,连你也转身看橱窗,躲着我。可是你认识我妈妈……你知道我是什么样的……你还曾经带我去集市……你觉得我不生以前那些懦夫的气?……至少那些人在捍卫自己……现在我在吃这口饭,我一直在干着我的工作,从来没有人养着我。可我要是说出心里话……如果我失去耐心……"

桑妲对着大理石的小桌子说这些话,她看着努托,没有微笑,用那张娇嫩、无耻的嘴说着话,用那双湿润、气愤的眼睛看着他,就像她的两个姐姐一样。努托竭力想要弄明白她是不是在说谎。最后他说,是时候了,必须做决定站在哪边,这边或在那边。他已经做了决定,站在逃兵、爱国者、共产党这边。他本想要求她在指挥部里为他们做密探,可是他不敢说。他没法使一个女人处在这样的危险中,更何况是桑妲,他不能有这种想法。

可是桑妲有这想法,她告诉努托许多关于军队动向、指挥部通报、社会共和国分子说的话。有一天,她派人告诉他不要来卡内利,因为有危险,果然德国人偷袭了各个广场和咖啡馆。桑妲说她不冒什么风险,是那些过去认识的法西斯分子,那些懦夫来她家里说的,那些人她觉得很恶心,如果不是为了给爱国者通风报信,她才不会和他们有瓜葛。一天早上,法西斯分子在法国梧桐下枪毙了两个小伙子,把他们像死狗一样扔在那里。桑妲骑自行车回到了莫拉庄园,又来了萨尔托,告诉努托的母亲,如果他们有步枪或手枪就藏在河岸上。两天后,黑色旅过来了,把整个房子翻了个底朝天。

终于有一天,桑妲挽住努托的胳膊,说她再也受不了了。她不能回莫拉庄园,因为她受不了尼科莱托,而卡内利的工作,所有那些人死去之后,她觉得太棘手,简直要疯掉了。如果这种生活不马上结束,她就要开枪——她知道朝谁开枪,也许是自己。

"我也想要到山上去,"她对努托说,"可是我不能。他们一看见我就会对我开枪。对于他们来说,我是在法西斯党部工作的女人。"

努托把她带到河岸上,让她见了巴拉卡,对巴拉卡说了她做过的所有事。巴拉卡听着,看着她。当他开口说话时,只是说:"你先回卡内利。"

"不……"桑妲说。

"你先回卡内利,等命令,我们会给你指示。"

两个月后,五月末桑妲从卡内利逃走了,有人通知她说,他们来抓她了。电影院的老板说,来了支德国人的巡逻队,搜查她家。在卡内利,所有人都在谈论这件事。桑妲逃到山里,和游击队员在一起。努托现在偶尔才能得知她的消息,那是夜里来交给他任务的人带过来的,所有人都说,她也带着武器到处走,获得了大家的尊重。如果不是因为年老的妈妈,为了家——因为他们会烧他的房子,努托自己也会参加游击队,帮助她。可是桑妲不需要帮助。六月扫荡时,山上那些小路上死了好多人,桑妲与巴拉卡在苏贝尔加山后面的一间农舍里,整夜在奋力抵抗。她来到门口,朝那些法西斯分子喊,说她认识他们每个人,不怕他们。第二天早晨,她和巴拉卡逃走了。

努托低声说这些事,不时停顿下来看看周围。他看着麦茬、空空的葡萄园,重新开始上坡。他说:"我们从这里走。"我们到达的地方,根本看不见贝尔波河,下面一切都变得很小,云雾缭绕,很遥远，周围只有山脊和巨大的山顶在远处。"你以前知道卡米内拉山这么宽阔吗?"他问我。

我们在一片葡萄园的洼地停了下来，那是一块被金合欢遮盖的盆地里，有一座黑色的、烧毁的房子。努托匆忙地说:"这里原来有游击队员，德国人烧掉了农舍。"

"一天晚上，有两个小伙子来萨尔托接我，他们带着武器，我认识他们。我们一起走了今天的这条路，走时已经是夜里，他们不肯告诉我，巴拉卡找我做什么。从那些农舍下面经过时，狗在吠叫，没有人动，没有灯光。你知道在那时是什么样的，我感到很不安。"

努托看见了在门廊下点着的灯。他看到一辆摩托车停在院子里，还有一些毯子。几个小伙子，人不多——他们在下面的树林里扎营。

巴拉卡对他说，他让人叫努托来，是为了告诉他一个消息——坏消息。有证据证明他们的桑妲在做密探，六月的扫荡就是她指使的，尼扎的组织是她弄垮的,甚至一些德国俘虏带着她的纸条,她给法西斯党部标记出物资储备的位置。巴拉卡是库奈奥的一个会计师,精明能干,曾经去过非洲,他话不多——后来和法西斯黑色旅在斗争中死去。他对努托说,可是他不明白为什么在扫荡的那天夜里,桑妲要捍卫他。"也许是因为你对她好。"努托说,但他很绝望,声音在颤抖。

巴拉卡对他说,桑妲想对谁好才对谁好,这就是发生的事。她后来嗅到危险,做出了最后的行动,带走了最好的两个人。现在的问题是,要在卡内利抓住她——组织已经下了正式命令。

"巴拉卡让我在山上待了三天,一方面是为了宣泄一下,和我谈桑妲的事;另一方面是为了不让我参与到这件事里。一天早晨,桑妲回来了,被押送回来的。她没穿那几个月经常穿的风衣和长裤。为了从卡内利出来,她又穿上了女人的衣服,一条夏季的浅色裙子。当游击队员在卡米内拉的山路上把她拦住时,她如坠云雾……她带着一些社会共和国通报的消息，但没有用了。巴拉卡当着我们的面和她对峙：有多少人因她的煽动而叛离，我们损失了多少物资，死了多少人。桑妲被解除了武装，她坐在一把椅子上听着。她用受到冒犯的眼睛盯着我，竭力和我对视……这时，巴拉卡读了判决书，命令两个人将她押到外面。那两个小伙子比她更惊异，他们以前一直看见她穿着短外套，系着皮带，她现在穿着浅色的裙子，这让他们手足无措。他们把她带到外面，她在门口转过身，看着我做了个鬼脸，就像孩子一样……可是到了外面，她试图逃跑。我们听到一声叫喊，听到有人在跑，最后是一阵无穷无尽的机关枪声。我们也出去了，她躺在金合欢面前的那片草地上。"

我更能想象巴拉卡的样子——那个被绞死的人，而不是努托。我看着农舍黑色的断壁残垣，看看周围，我问，桑妲是不是埋在那附近了。

"会不会有一天，人们会意外找到她？他们已经找到了那两个德国人……"

努托坐在矮墙上，用固执的眼睛看着我。他摇摇头。"不，桑妲不会。"他说，"他们找不到她了。像她那样的女人，不能就这样用土埋了，仍然有太多人垂涎她。巴拉卡想到了办法。他让人在葡萄园里剪了好多枝蔓，盖在她身上，一直到足够多，然后倒上汽油，点了火。到了中午，她已经完全成了灰。第二年这里还有痕迹，像是篝火烧完之后留下的痕迹。"

一九四九年九月至十一月

译者后记[1]

1950年8月27日，正值盛夏，切萨雷·帕韦塞选择在都灵火车站附近的一家宾馆里结束自己的生命，时年四十二岁。在不久前，他的小说集《美丽的夏天》(*La bella estate*)获得了意大利最重要的文学奖项"斯特雷加"奖，他写下了诗歌《死亡来临，将带着你的一双眼》(*Verrà la morte e avrà i tuoi occhi*)，也出版了他最有代表性的小说——《月亮与篝火》。周围的人在错愕之际，也体味到这个举动并非一时起意，而是长期策划的结果。他的好友，同时代作家娜塔丽娅·金兹伯格在纪念他的文中写道：帕韦塞把一切都算计好了。他是个不喜欢

---

[1] 原载于《南方周末》，2024年2月21日，标题和内容有所调整。

出现意外情况的人，就连散步路线也是固定的，不欢迎任何人临时加入。八月，帕韦塞的朋友都在外面度假，他选择在一家著名宾馆的房间里服安眠药，可以想见，那些药品也是事先准备好的。这样的情节，在他的小说《在孤单的女人中》（*Tra donne sole*）开头就得到了描写。故事中的人物是一个对生活失去兴趣的年轻女孩，她被送往了医院，得到了抢救。但在故事的结局，她还是毅然选择离开，这也是帕韦塞结束生命的方式。

这场自杀是在帕韦塞和美国女演员康斯坦丝·道灵（Constance Dowling）的高调恋爱、分手之后发生的。道灵金发碧眼、无比美艳，帕韦塞在四十岁还像青少年一样，因爱情脸红心跳，激动失眠（这一点在日记中有呈现）。这件事在当时激起了各种猜想，帕韦塞死后，意大利各大报纸上出现了一百多篇报道，对他的自杀原因进行分析：失恋、意识形态危机或者对于政治秩序的愧疚感（但实际上，他日记中根本没有提及政治）、创造力的枯竭……

我床头常放着帕韦塞的《营生》(*Il mestiere di vivere*)，那是他 1935 年到 1950 年的日记。我常常会按照当下的日期，翻阅到日记中某个年份对应的日期，阅读他当时的内心世界，那是意大利文学中最直接、最无情的自我剖析，也有对写作技艺的反思。他开始应该是有意写成莱奥帕尔迪《杂想录》(*Zibaldone*)的样子，也有佩索阿《惶然录》的气息，但最终来说很像和死亡跳的一曲华尔兹。比如在 1946 年 1 月 1 日写的总结：

  过去的一年也结束了。山丘、都灵、罗马。有过四个女人，印了一本书，写了一些很美的诗歌，发现了一种可以涵盖很多主线的新文学形式（和喀耳刻的对话）。你幸福吗？是的，你很幸福。你有力量，有天分，有事情做。你一个人。

  今年有两次想过自杀。所有人欣赏你，恭维你，在你身边跳舞。然后呢？

你没有参加过战斗,你要记住。你永远都不会加入战争。你的存在对别人有意义吗?

帕韦塞的日记里有自惭形秽的一面,他自觉猥琐,没有站在第一线参加过抵抗运动。他因为家里藏着反法西斯内容的信件被逮捕,后来被流放到南方一个叫布兰卡莱奥内的地方,如果意大利是只靴子,那里是脚尖的地方,和都灵相比就是天涯海角了。同一个时代的都灵人卡洛·莱维(Carlo Levi)也被流放到南方一个叫阿利亚诺的地方,是那不勒斯往南的一个内陆城镇,他写出了《耶稣不到埃博利》(*Cristo si è fermato a Eboli*),揭示南方社会的悲惨现实,有很强的社会责任感,成为二十世纪文学经典。莱维和帕韦塞经常会被放在一起比较,帕韦塞作为一个"内省式"作家,他在南方享受孤寂,钻研诗艺,这一段经历在《山上的房子》(*La casa in collina*)、《监狱》(*Il carcere*)两部中篇小说中得到呈现,里面的男主人公是逃避责任,但又无比愧疾的知识分子。很显然，有很多事情帕韦塞做不到：比如投入一场不顾生死的斗争，让一个女人得到满足。然而在文学的王国里，他自视为王。

帕韦塞做出决定：跳出时间，像死者一样写作。像死者一样写作不一定是指向永恒，渴望名扬千古，如果是迷恋名望，那他在获得斯特雷加奖之后，也不会寥寥几行，遗言似的，用似乎带着戏谑的语气写下：

六月二十二日

"明早我会去罗马。"这句话我还会说多少次？

毫无疑问，这是一个福分。但我还能享有多少次？然后呢？

罗马之行似乎像是我最辉煌的时刻。世俗的奖项，D［帕韦塞的美国女友］会跟我谈及此事——都是甜美，没有苦涩……然后呢？然后呢？

像死者一样写作,就是留下一份证词、一份自杀者的手迹,一场十五年的自我克制,向死而生的工作。就是在最后可以说:

> 在我的行当(写作)中,我就是国王。
> 在十年里,我完成了一切。想想当初的忐忑。
> 在生活中,我比当初更绝望,更失败。
> ……
> 只需要一点儿勇气。

作者在离开之时,匆匆在这几册日记上写好了"营生"这个标题,首先可能是一个文字工作者的缜密习惯,其次是期望人们理解他内心的隐秘。帕韦塞在日记中已经说明了,爱情的失意是自杀的借口,虽然他也遭遇背叛的痛苦。他青少年时期就经历了同伴的自杀,青年时期也经历过几个挚友的死,死亡才是最终的主题。他的作家身份让他周围时常有女人围绕，每一场恋爱他都像青少年一样激动，心跳过速、失眠；但又一次次沮丧地证明一个事实：他无法满足一个女人。日记中反复出现的一个词是"无力"或者"阳痿、早泄"。帕韦塞恋上了美国女演员，金发的美艳女人，也是出现在他的获奖庆典中的女人，她温柔而顺从，但也很果断地选择了离开。帕韦塞缺乏不顾一切投入生活的勇气，就像他当时并没有不顾牺牲，全力投入抵抗运动中去，而有很多人在这场运动中牺牲，他内心充满了歉疚，同时也死死捍卫着自己的"孤独"。

他选择进入世界，与别人交谈，他总是会懊悔自己说得太多，但感觉这些"社交活动"会让他享受随之而来的独处。孤独是他的恶习，社交是孤独的铺垫，就像辛苦是酣睡的条件。他的小说中的人物，有很多都沉迷于独处，有的是出于对生活的畏惧，有的是出于失望，也有的是渴望和自然进行交融。

帕韦塞在写下他独自一人的时刻，分明流露出一种自虐的快感。他的生活状态基本上是这样的：

> 每天晚上，从办公室出来，从饭馆出来，和人做伴——有一种残暴的快乐会归来，独处带来的快慰。那是每天唯一真正的幸福的时光。

帕韦塞在日记里有对文学的反思，也有粗暴的宣泄，厌世和厌女有时交织在一起，真实呈现了一个经历了二十世纪前半叶两次世界大战的意大利男人的精神世界。帕韦塞的日记和作品相互映照，和第二次世界大战的主流叙事并不完全吻合，这似乎也是他的作品如今读起来并无过时感的原因。帕韦塞很早就意识到，时代不一定是恒久的，他要像死者一样，脱离时代去写作。

切萨雷·帕韦塞并不是一个真正意义上的乡下男人，他并没有在田地里劳动，但他和小说中描述的那片山谷缔结了无比深刻的关系。《月亮与篝火》是他的代表作，也是以他少年时度过了很多时光的朗格山区为背景。那里有零星的村落、镇子和别墅，散落在山谷中。为了了解帕韦塞文本中的地域，他最熟悉的风景，也为了深入理解《月亮与篝火》中的地貌，我去了他曾经住过的地方。那是种植葡萄树和榛子树的乡野之地，从山坡高处向下望，连绵不断的山坡上都是整整齐齐的葡萄树，也有一坡坡的榛子林，人类的劳作改变了地貌，因此这里载入了联合国教科文组织的历史文化名录。

切萨雷·帕韦塞就出生在这个寂寥之地，在少年时，有很多时间都是在皮埃蒙特区的朗格度过的，那是一个群山起伏的丘陵地带。他居住的地方是个山谷，一条叫贝尔波的河流经那里，也是在那里他和自然缔结了深层的关系。他在大学学习的是英美文学，美国文学中惠特曼的《草叶集》对自然的赞颂、对野性的呼唤，让他以新的目光看着这片土地。

帕韦塞是个有故乡的人，故乡也认可他。他在少年时阅读维吉尔，代入的定然也是故乡的山水。生活在小村庄的人很容易激起对世界的渴望，一个人当然需要一个故乡，虽然只是为了离开它。我在 2023 年 8 月底去了他的故乡，那里的葡萄园、榛子园井井有条，他家门前的路被命名为"切萨雷·帕韦塞路"。宾馆只有一家，接待的女服务员和在院子里刷铁栏杆的工人都是阿尔巴尼亚人，在用一种我听不懂的话聊天。我心里闪过一个念头：帕韦塞，现在是世界来到了你的故乡。

帕韦塞在一个小村庄里开始了他对世界的幻想，他的野心写在故居门口的铭牌上：

> 我的村庄到处都是泥巴，有几处小破房子，有一条省道经过那里。我小时候在那地方玩耍。我想重申的是：因为我充满野心，想周游世界，到遥远的地方，告诉所有人：你们从来都没有听说过那个只有几户人家的村落吧？好吧，我

就来自那里。

故居院子里有作家的铜像：一张清瘦、深沉戴着眼镜的脸，铜像下面的大理石底座上面的文字是：

他跑过一条长长的白色大路，一直跑到家门口，他在那里出生，并梦想成为诗人。

那是一栋两层的淡红色的房屋，在一个河谷里，两面都是山，一面是他的木匠朋友"努托"住的萨尔托山，另一面是一座卡米内拉农舍。帕韦塞的代表作《月亮与篝火》中的故事，就以这方圆三五里为背景。故事中的男孩，被遗弃在教堂的台阶上，政府把孩子交给本地农民抚养，一家人就生活在这个山谷里。这个叫"鳗鱼"的私生子在一个贫苦的农民家庭长大。少年时期在地主家里做长工，成年之后当兵，去美国赚到钱回来，生活在热那亚，他经常回到这里旧地重游,看他小时候生活的农舍,和他少年时候的朋友努托叙旧。"鳗鱼"像所有离开故乡,在外面漂流几十年的人,他对于故乡有一种"刻舟求剑"的情结,他梦想荣归故里,告诉他以前那些人,他长大了,看到了世界,有了自己的姓名。努托向他讲述了他不在的那些年村子里发生的事。他少年时的欲望投射在地主家的两位小姐身上:物是人非,如今她们一个已经死去,一个飘落异乡,最美丽的桑妲——当年的小女孩,最后也在抵抗运动中被处决:像她那样美艳的女人,还有很多人眼馋,不能草草埋掉,只能用火烧掉,这是小说中的一场"篝火"。

"鳗鱼"在之前居住的农舍里见到了现在生活在那里的一家人,有个残疾小孩钦多,并在他身上看到了自己幼时的影子:他愿意付出一切,再用钦多的眼睛看看这些葡萄园、榛子林。成人"鳗鱼"看到了童年的神话慢慢散去,他的"剑"已经无处可觅,想送给钦多一把小刀,可能是为了弥补自己童年的渴望。钦多有一个暴戾的父亲瓦利诺，他有一天回家，打死了同居者，绝望中想要让全家人一起同归于尽，而钦多因为那把小刀自卫，得以躲过厄运。瓦里诺烧了农舍，这是小说里的另一场"篝火"。帕韦塞的小说里似乎有古代神话"人祭"的痕迹，乡村里的一切暴力和绝望都那么真实：村庄已经是世界。

帕韦塞的文字现在散落在他故乡的四处：基金会做了一些白色水泥浇筑的椅子，像打开的书页一样，这些椅子摆放在和他的作品相关的地方。我走在葡萄园间窄窄的小路上，山间散落着一些农舍，路边是八月成熟的黑色或白色的无花果，地上也掉落了很多，伸手就可以摘来吃。我心里想的就是小说里的那些人物：在乡间生活的人内心滋生的渴望，帕韦塞怀念的正是这种渴望。我想起了《月亮与篝火》的一个细节，"鳗鱼"在离开村庄之前，伸手摘了无花果吃；努托说，小心地主婆看到了让你吐出来。努托的木匠作坊也还在，在大路的边上，门口有一株巨大的紫藤树,那些做工的工具还在,这里已经成为文学朝圣者驻留的地点之一。

作家和地域之间的关联在这个时代得到彰显,文学不是虚无之地,很多时候有迹可循。2004年帕韦塞的故乡——圣·斯泰法诺·贝尔波(San Stefano Belbo)建立"帕韦塞基金会",就是为了筹备2008年作者一百周年诞辰纪念。现在在镇上有他的一个纪念馆,里面存放着他的手稿还有很多相关的书籍。差不多一个世纪之前,他一定是带着热切的心情,在八月十五圣母升天日投入镇上集市的各个游戏中。我在镇上闲逛的时候,看到那些打靶的、赛车的、碰碰车的游戏设施还在,只是没有什么人。集市已经结束了,只有几个卖汉堡、三明治的车停在那里,老板娘用倦怠的神情看着路过的人,貌似也不太想做生意。我在想:与几十年前比,什么变了?如今的青少年会不会带着同样的热望,来参加这些集市,跳舞、狂饮、听村子里的乐手弹奏。我想应该不会了,在电视里,在手机上,每天都是嘉年华，那种渴望和期待也许已经没有了。"鳗鱼"回到家乡，他最想获得的，应该是当时对生活的渴望。

这个地域是意大利著名葡萄酒"巴罗洛"的产区，也有"内比奥罗"和其他名酒，最为世人所知的可能是"榛子巧克力酱"了，也是费列罗的主打产品，像意大利的"老干妈"，除此之外还产松露。《月亮与篝火》中，农民种植的主要是高粱、榛子树和葡萄树，有时候找到松露，就拿去附近的城市阿尔巴卖掉。

四处都是酒庄，在离开之前，我去一个酒庄品尝了五六种当地的酒。院子阳光明媚，还养着一匹马，四处的葡萄园里绛紫色的葡萄正在成熟。只有一个女孩子接待我们，她在大学学农学，还没有毕业，但看起来成熟而阳光。她给我们展示了酒庄，我们在一个修道院改造成的古朴大厅里喝酒。

皮埃蒙特人的勤劳和务实在一道道整齐的葡萄园中，在没有杂草的榛子林中也能看到。我又想起了帕韦塞遗言似的话来：

> 我的公众角色已经完成——尽我所能。我工作过，我给世人带来了诗歌。我分担了很多人的痛苦。

帕韦塞的死若是在当下，定然被归为抑郁症，我更愿意把他的选择理解为一种祭献，用生命对于文学的祭献，像他小说中的"篝火"，是在十几年内燃尽的生命，留下让世人传诵的诗句和故事。

陈　英